SÓ PARA *Meninas* APAIXONADAS

Eveline Ventura

Só para Meninas Apaixonadas

10ª Impressão

CPAD

Rio de Janeiro
2016

Preparação dos originais e revisão:Daniele Pereira
Capa e projeto gráfico: Luciene Oliveira

CDD: 248.83 - Adolescentes
ISBN: 978-85-263-1068-1

As citações bíblicas foram extraídas da versão Almeida Revista e Corrigida, edição de 1995 da Sociedade Bíblica do Brasil, salvo indicação em contrário.

Para maiores informações sobre livros, revistas, periódicos e os últimos lançamentos da CPAD, visite nosso site: http://www.cpad.com.br

SAC — Serviço de Atendimento ao Cliente: 0800-021-7373

Casa Publicadora das Assembleias de Deus
Caixa Postal 331
20001-970, Rio de Janeiro, RJ, Brasil

10ª impressão: 2016 - Tiragem: 1.000

Dedicatória

Para Alessandro,
meu grande amor!

Agradecimentos

Prepare-se, pois a lista é longa! (Risos!)

A Deus, que é a razão da minha existência, por seu amor tão profundo e por continuar fazendo em minha vida muito além do que pedi ou sonhei. Obrigada, Senhor, por me usar como um instrumento! Por muitas e muitas vezes sentir sua voz ditando as palavras a escrever. Sem a sua direção, não teria conseguido escrever uma linha sequer.

Ao meu marido, Alessandro, pelo carinho, apoio e compreensão. Pelas noites em que foi dormir primeiro enquanto eu teclava na sala. Pelo cuidado e dedicação ao nosso filho, para que eu pudesse mergulhar neste projeto. Pela ajuda com seu conhecimento da Palavra, livros e Bíblias, e por me inspirar com seu amor a escrever cada linha deste livro. NEOQEAV!*

Ao meu filho lindo, Aharon (meu príncipe!), que mesmo ainda tão pequeno me ensinou uma forma de amor nunca antes experimentada. Filho, você é presente de Deus para mim! Mamãe te ama muitão!

À minha mãe, que sempre acreditou em mim e leu o primeiro capítulo deste livro. Ah, e também foi a primeira a apoiar minha paixão pelo Alessandro. Ela já sabia... Obrigada por tudo, mãe!

Aos meus amigos que leram este livro. Em especial a Lorena Moulin, Paula Renata e Raquel Lucena (mais uma vez em ordem alfabética

***N. do E.:** Nunca Esqueça O Quanto Eu Amo Você.

para não gerar ciúmes! Risos!), que junto comigo formam o quarteto fantástico! (Risos!) Meninas, obrigada por toda a ajuda na leitura dos capítulos, sugestões, incentivo e paciência, principalmente nos dias críticos que antecederam a entrega do livro. Este livro tem muito de vocês!

Ao chefe do Setor de Livros da CPAD, Alexandre Coelho, pela paciência e apoio a este projeto. Que Deus o recompense!

Às meninas que trabalharam neste livro: A querida Daniele Pereira, revisora desta obra, pela dedicação, humildade, ajuda. Dani, você é uma bênção! Amei trabalhar com você! A Luciene Oliveira, pela capa tão linda e projeto gráfico fofíssimo! Lu, você arrasou! Amei!

À psicóloga Sônia Pires Ramos, que mesmo com uma agenda concorridíssima foi tão prestativa e acessível, com sua voz doce e suave, para me ouvir e ajudar nesta obra. Irmã Sônia, cada vez a admiro mais. Que Deus a recompense!

Ao meu chefe e amigo, pastor Silas Daniel, que aceitou com alegria o convite para escrever a apresentação deste livro e me surpreendeu deixando aflorar todo o seu lado romântico no texto. Vocês lerão a seguir. Obrigada, Silas!

E a todas as leitoras do "Só para Meninas", que com seus e-mails e scraps partilharam comigo suas histórias, romances, dores, etc. Meninas, infelizmente não consegui responder a cada uma de modo individual, por causa do volume de mensagens que recebo, mas desejo, de coração, que este livro ajude a esclarecer muitas de suas dúvidas.

Apresentação

Estar apaixonado é um dos momentos mais arrebatadores da vida. É quando parece que sorrisos são suficientes para iluminar o mundo; é quando somos tomados por um bom humor contagiante a ponto de tudo — ou quase tudo — se tornar mais belo à nossa volta, como se estivéssemos vivenciando uma permanente manhã de primavera. Enfim, é uma das sensações mais gostosas da vida. Mas, por outro lado, estar apaixonado também é um dos momentos que exigem maior atenção de nossa parte, porque os sentimentos costumam embaralhar os pensamentos quando alguém *fall in love* ("cai em amor" — é como se diz "apaixonar-se" em inglês). Quando isso acontece, os resultados podem ser desastrosos. É nesses momentos que muitos acabam cometendo erros que poderão marcar negativamente o resto de suas vidas.

Qual, então, o segredo para desfrutar desse momento tão especial de forma sadia? Desfrutá-lo sem cair no erro de, ao final, confundir o verdadeiro amor com meros estereótipos que conduzem ao pecado e/ou à frustração? É disso que fala o livro que você tem em mãos, com a linguagem descontraída de sempre da jornalista Eveline Ventura, autora do *best seller* da CPAD *Só para Meninas*. Adianto, leitoras (e leitores curiosos também, quem sabe?), que se vocês gostaram do primeiro livro, vão se apaixonar pelo segundo. E isso não é apenas um trocadilho.

Além do texto leve e objetivo ao abordar temas como, por exemplo, cuidados no namoro, ciúme, dicas à luz da Bíblia para escolher seu "príncipe" e namoro virtual, *Só para Meninas Apaixonadas* traz uma grande lição que perpassa todos os seus capítulos: nossos relacionamentos, incluindo nosso namoro, devem refletir o nosso relacionamento com Deus. O livro foi escrito por uma jovem que, acima de tudo, é apaixonada por Jesus; e é inspirada por esse amor que ela orienta outras garotas a saberem lidar de forma sadia com essa fase tão especial de suas vidas. Leia-o até o final, e você perceberá e sentirá isso.

A Bíblia diz que "Deus é amor" (1 Jo 4.8). Ora, ninguém melhor do que Ele — o maior romancista do universo, a fonte de todo amor verdadeiro e que amou você antes mesmo de você saber o que é amor ou ainda existir (1 Jo 4.19) — para nos dizer como devemos nos conduzir em nossos relacionamentos. Portanto, se você quiser que sua paixão não termine em frustração, mas, sim, em um relacionamento verdadeiro e repleto de amor, é preciso atentar para os princípios divinos apresentados nesta obra. Você verá neles mais do que excelentes conselhos de uma amiga, mas as marcas de um Pai amoroso que não deseja que suas filhas embarquem em relacionamentos que terminarão despedaçando suas emoções; de um Pai que está interessado, mais do que você pode imaginar, em fazer que seu namoro resulte em um relacionamento cimentado pelo verdadeiro amor, pronto para durar toda a vida.

Recomendo com alegria este livro, desejando-lhe desde já sucesso ainda maior que o primeiro, e com a convicção de que sua mensagem e conselhos serão bênção para a vida de um incontável número de meninas apaixonadas.

No amor de Cristo,

Pr. Silas Daniel
Chefe de Jornalismo da CPAD

Sumário

Introdução

Estar apaixonada é uma das sensações mais especiais que sentimos, não é mesmo? Suspiros, sonhos, coração acelerado, suor nas mãos e tremedeira são alguns dos sintomas mais frequentes dessa fase. E, vamos combinar, é muito bom, não é mesmo? Quem não suspira ao se lembrar da espera pelo telefonema, e-mail, scrap ou torpedo do menino de quem estamos gostando? Ou de pensar naquela declaração de amor linda que recebeu? É ou não de fazer o coração vir na boca?

Porém, nem sempre nossa vida é como um filme, em que todos os contratempos são resolvidos e os personagens são sempre felizes no final (bem que poderia, não é?). Muitas vezes, nos vemos em situações complicadas, como aquelas em que passamos a gostar do nosso melhor amigo, sofremos com alguma traição, não temos a certeza de que ele é "para casar", nos apaixonamos pela pessoa errada ou ainda quando esse menino não é crente. Enfim! Nem sempre as questões do coração são fáceis de resolver. Às vezes, nos machucamos, nos frustramos e nos decepcionamos. Em outras, somos nós mesmas que provocamos isso nos meninos. Mas como podemos, afinal, lidar com nossos sentimentos? Essa é uma pergunta difícil e que não tem uma resposta pronta. No entanto, tenho uma notícia boa para você. A Palavra de Deus pode nos ajudar e muito nessas questões do coração. Ou você não se lembra das mais variadas histórias de amor narradas nas Escrituras e os conselhos que ela nos dá?

A ideia de escrever este livro surgiu assim: de algumas experiências minhas, muitas conversas com amigas e também de vários e-mails que recebi de leitoras do meu primeiro livro, o *Só para Meninas*. Passei a perceber que sempre que me reunia com minhas amigas, ou recebia mensagens de leitoras, uma hora ou outra, a conversa acabava indo para as questões de relacionamento: ciúme, paixão, decepções, etc. Decidi, então, reunir um pouco dessas histórias, trocando os nomes dos personagens, é claro, para resguardar a privacidade dos envolvidos, mergulhar nas narrativas de amor encontradas na Bíblia e em outros livros cristãos, e ouvir psicólogos para tentar ajudá-la a entender melhor por que seu coração anda batendo tão forte ultimamente (isto é, se você não estiver com nenhum problema cardíaco) e o que fazer para não perder a razão e deixar-se levar por esse sentimento.

É claro que você não encontrará respostas aqui para todas as suas dúvidas em relação a amor e paixão. Mas tenho certeza de que irá se encontrar em muitas histórias aqui retratadas. Que você possa embarcar comigo nessa viagem com o mesmo coração pulsante com que fiquei ao escrever os capítulos e relembrar momentos especiais (posso dizer que em alguns momentos voltei à adolescência!) de minha vida. E então? Preparada para conversar sobre amor? Dê um forte suspiro e vire a página.

1

Será que É Amor?

Coração acelerado, mãos suando, tremedeira (e às vezes até gagueira!), nervosismo, boca seca e pensamento nas nuvens. Quem já viveu a experiência de estar apaixonado, sabe muito bem o que significa cada um desses sintomas.

É um período tão gostoso que faz com que as outras coisas não tenham tanta importância para nós. O trânsito está engarrafado? "Não tem problema". O professor não deu a nota que tanto esperava? "Não faz mal." A mãe pediu para lavar o dobro de louça hoje? "Rapidinho acabo com isso." Opa! Menos, menos! É quase assim, não é?

É como se o mundo ficasse cor de rosa e as borboletas tivessem se instalado dentro de nossa barriga, fazendo com que aquela sensação de cosquinha no estômago seja constante. Esperar pelo telefonema, e-mail ou até mesmo um aceno de mão já é suficiente para nos deixar completamente ansiosas e sem quase nenhuma unha salva.

Quando esse sentimento é correspondido, então, é melhor ainda. Saber que quando você pensa nele, ele também está com você na mente; que ele também fica na expectativa de sua ligação; que ele treme quando a vê passar, é mais legal ainda.

A ciência explica o que acontece com nosso corpo quando estamos apaixonados. Nessa fase, o cérebro libera várias substâncias químicas que provocam alterações fisiológicas, psicológicas e mecânicas. Temos a sensação de que estamos flutuando. Temos calafrios, perdemos o apetite e até o sono, sem falar no famoso e constante frio na barriga.

Prazo de Validade

Agora, o que talvez você não saiba é que a paixão tem data certa para acabar. Isso mesmo. Pode ler de novo. Estudos apontam que os seres humanos são biologicamente programados para se sentir apaixonados entre 18 a 30 meses. Depois dessa fase, ou o sentimento evolui e se transforma em amor ou a relação se esfria e acaba. Portanto, querida, se você está namorando há mais de dois anos, parabéns, é bem provável que é o amor a base do relacionamento de vocês. Eu disse "provável", porque a gente sabe que muitas meninas sustentam relacionamentos por anos com base em vários motivos que não o amor, como o medo de ficar sozinha, dependência, status, etc.

Mas, voltando ao assunto, do ponto de vista físico, quando nos apaixonamos recebemos uma descarga de anfetaminas. Uma matéria publicada na revista *Veja* (número 1754), explica que "essas substâncias são da mesma família daquelas usadas em moderadores de apetite e vendidas nas farmácias. Até os sintomas são parecidos. A pele fica ruborizada, sobe a temperatura do corpo, o coração bate mais rápido [...] e o estado de consciência fica alterado, eufórico".

Diante dessas sensações, muitas pessoas se questionam se estar apaixonado não seria melhor do que amar alguém. Sei que a tendência natural, ao se comparar paixão ao amor, é achar que a paixão leva muitas vantagens graças aos seus arroubos românticos. E que, geralmente, quando pensamos em "amor" lembramos sempre de exemplos do dia a dia e o relacionamos a rotina, monotonia, responsabilidades. Mas não se deixe enganar. Amor é muito mais do que é isso.

"Muitos estudos afirmam que casais que permanecem juntos (por exemplo, em casamentos) estão aparentemente protegidos contra eventos adversos da vida, ou ainda, situações como doença, pobreza, ou a perda de familiares. Acontecimentos esses que uma pessoa apaixonada, dada a efemeridade da paixão, provavelmente preferirá não permanecer para dar suporte de qualquer natureza [...] Dessa forma, segundo alguns autores, relacionamentos de longo prazo atuam como um recurso social e psicológico que ajudaria as pessoas a resistirem melhor às possíveis perdas e às adversidades", destaca a matéria da Veja.

Viu só? O Senhor conhece como ninguém esse sentimento e em sua Palavra deixa claro: "O amor é forte como a morte" (Ct 8.6). Tão forte que "as muitas águas não poderiam apagar o amor, nem os rios, afogá-lo; ainda que alguém desse todos os bens da sua casa pelo amor, seria de todo desprezado" (Ct 8.7, ARA).

Mas não é só isso. A Bíblia fala em inúmeras passagens sobre o amor e sua importância. Em 1 Coríntios 13.4-8 encontramos um texto lindo. Está escrito que o amor é paciente, benigno, não tem inveja, não se vangloria, não se ensoberbece ("se incha" ou "se acha"), não se porta incovenientemente, não busca seus próprios interesses, não se irrita, não suspeita mal, não se regozija com a injustiça, pelo contrário, se regozija com a verdade, tudo sofre, tudo crê, tudo espera, tudo suporta e, principalmente, ele jamais acaba.

Eu Sei o que É Amor

Se você leu o *Só para Meninas*, meu primeiro livro, pôde conhecer resumidamente a minha história de amor com o Alessandro, meu marido. Contudo, jamais poderia deixar de falar de amor (em um livro dedicado ao tema) sem partilhar com você minha experiência, com mais detalhes. Por isso, mesmo correndo o risco de você me achar brega ou cafona, escrevi essa história linda, de um amor abençoado por Deus, que cada dia que passa fica mais forte e intenso. Interessou? Então, acomode-se confortavelmente que lá vem a história!

Conheci o Alessandro quando eu tinha 14 anos. Na verdade, a gente já convivia na igreja, mas em setores diferentes. Nem sabia o nome dele, para você ter uma ideia. Para mim, ele era "o menino do som". Até que em janeiro de 1995, viajei de férias para a casa de alguns parentes no Nordeste. Diariamente ligava para casa, no Rio, para falar com meus pais. Em uma dessas ligações, meu irmão pegou o telefone e começou a me contar as "novidades" da igreja. Entre elas, disse-me: "Ah, sabe o Alessandro? Aquele menino do som?". "Sei. O que tem ele?", respondi sem interesse. "Toda vez que ele me vê pergunta por você, quando vai voltar, se está bem...", contou. Achei estranho, mas deixei para lá. No fundo, dei aquele sorrisinho de canto de boca e pensei: "Hum, deve estar a fim de mim". Risos.

Quando voltei de viagem, estávamos há uma semana do retiro de jovens. Era um sábado à noite e conversava na cozinha com minha mãe e uma prima de meu pai, a Eunice, quando a campainha tocou. Antes que me levantasse para atender, Eunice disse algo como: "Seu futuro esposo acaba de chegar". Ri dela e corri para atender. Era o Alessandro.

Ele diz que não se esquece daquela imagem: Eu, segurando a porta, de cabelo molhado, com roupa simples, de ficar em casa, e um sorriso no rosto. Diz ele que eu estava linda! Tá bom, não estou me achando, não; foi ele quem disse, meninas, podem perguntar.

Continuando... Alessandro era secretário dos jovens e meu pai, líder. Ele tinha ido lá em casa acertar detalhes da viagem e ficou na sala um bom tempo. Eu voltei para a cozinha e falei com a Eunice: "Você ficou maluca? Foi o Alessandro que chegou. Eu nunca nem conversei com esse garoto e você vem me dizer que ele é meu futuro esposo? Nada a ver". Ai, ai, como Deus nos surpreende, não é mesmo?

No dia da viagem, Alessandro estava na porta do ônibus distribuindo as passagens com os números das poltronas de cada jovem. Peguei meu número e entrei. Sentei na minha poltrona e organizei minhas coisas. Daqui a pouco o ônibus começa a ficar cheio e nada de chegar minha companhia de viagem. Todos se acomodaram, papai deu as instruções lá na frente, fez uma oração para Deus abençoar a viagem e o ônibus acelerou rumo à cidade de Viçosa, em Minas Gerais.

"Peraí! Tá faltando alguém", pensei. Quando olho, quem está vindo na minha direção? Alessandro. Sem menos esperar, ele se senta do meu lado e diz: "Aqui é o meu lugar!". Eu sorri. Até aquele momento, achava que apenas ele estava gostando de mim. Eu, confesso, estava "me sentindo". Risos. Mas, bem, tenho que fazer outra confissão. O Alessandro, apesar de ter "armado" para sentar ao meu lado, não estava "babando" por mim, como eu imaginava. Nem dava a mínima para todo meu charme (pelo menos, não demonstrava. Tudo truque!). Isso começou a me incomodar durante a viagem.

Conversamos durante o trajeto e nos dias em que estivemos no retiro. E, sem perceber, comecei a gostar dele. Em uma dessas conversas, ele me pediu em namoro e já foi dizendo que queria falar com meu pai. Fiquei desesperada, pois achava que meu pai não deixaria. Mas Deus estava no negócio. Conversei com minha mãe antes, ela preparou meu pai (viva nossas mães!!!), e no dia D, ele foi lá em casa para conversar com meu pai. Autorização dada, começamos a namorar.

Namoramos por dois meses, mais ou menos, até que decidimos terminar. "Ahhhh, sério?", sei que você deve estar pensando, mas calma, continue a leitura. Não estávamos certos de nossos sentimentos e preferimos dar um ponto final no namoro (na verdade, uma vírgula).

Peguei o ônibus para casa, depois daquela conversa chata que tivemos, mas dentro de mim me sentia estranha, com um vazio. Passamos uns três meses separados. Nesse período, muitas pessoas perguntavam se ainda estávamos namorando e quando ouviam "não" como resposta sempre suspiravam: "Ah, que pena, vocês fazem um casal tão bonito, tão abençoado".

De tanto ouvir essas frases, certo dia, ao sair da igreja, fiz uma oração sincera, mas informal. Na verdade, foi como uma conversa entre amigos (e era, afinal, Ele sempre foi meu melhor amigo). Disse em pensamento: "Senhor, as pessoas falam para a gente voltar a namorar, mas, se é essa a tua vontade, coloca um sentimento muito forte no meu coração por ele".

Mesmo eu achando que Deus não estava levando a sério aquele desabafo em forma de oração, Ele estava. Passadas algumas semanas, voltamos a namorar. Lembro-me como se fosse hoje. Era uma quarta-feira. Passou a quinta e a sexta. Exatamente no sábado, algo mudou profundamente em mim. Durante as horas daquele dia, ao observá-lo, um sentimento muito forte entrou no meu coração e fui dormir amando aquele que seria o meu marido.

Sabe aquela sensação de estar flutuando? Quando a gente acha que tem um monte de coraçõezinhos rodando em nossa cabeça? Quando a gente tem vontade de ficar com a pessoa 24 horas por dia? Pois eu me senti assim.

Não é por merecimento
que Deus nos abençoa,
mas sim por sua graça e amor.
porque Ele é bom, fiel
e, acima de tudo,
misericordioso.

Deus Ouve

Não tenho dúvida de que Deus respondeu a minha oração. Era a prova que eu precisava: um sentimento forte, profundo e lindo. Namoramos por cinco anos e quatro meses e nos casamos em dezembro de 2000, em uma cerimônia linda, em que usei meu sonhado vestido de noiva. Depois, cerca de 300 convidados foram para a festa, em um salão da cidade, que estava arrumado do jeito que eu desejava. Bem, mas a questão dos preparativos para o casório vai ficar para outro livro, tá bom?

A minha intenção em lhe contar toda essa história é que você compreenda que Deus tem prazer em realizar os sonhos e desejos de seus servos (Sl 37.4). Na verdade, Ele quer lhe dar muito além do que aquilo que você sonha (Ef 3.20). Mas para viver uma bela história de amor, é preciso que se submeta à vontade de Deus. Coloque diante dEle seus sonhos, seus desejos, e aprenda a esperar nEle (Sl 40.1).

Você deve estar pensando: "Ah, mas você era boazinha, por isso Deus lhe deu um bom marido". Não tem nada a ver com isso. O que quero que entenda é que, por mais que nos esforcemos, eu e você continuaremos a ser pecadoras, falhas. Mesmo assim, Ele nos ama e nos quer bem. A graça e o amor de Deus são tão grandes que, apesar de todos os nossos defeitos, fragilidades e pecados, Ele nos envolve com seu carinho e cuidado e nos abençoa. Mesmo sem eu merecer, Ele foi bondoso para comigo me dando de presente um príncipe, um homem de Deus, que é amoroso, carinhoso, compreensivo, lindo... (Ok, ok, tá bom, vou parar por aqui). Deus é maravilhoso, não é mesmo? Não temos como expressar em palavras o sentimento tão profundo que Ele sente por nós.

É claro que tivemos discordâncias e algumas crises no período de namoro, mas estávamos certos de que já havíamos saído da fase da paixão. Sabíamos que o sentimento que nos unia era mais forte e profundo. Costumo dizer que Deus colocou o Alessandro no dia certo na minha vida. Com ele, enfrentei algumas dificuldades das mais variadas possíveis, que não me imaginaria passando sozinha. Por muitas vezes, pensei que ele ia dizer: "Eu, hein, que menina complicada, problemática. Quero distância de gente assim". Mas não, ele decidiu continuar ao meu lado e enfrentar comigo as lutas daquele período. Por isso, nos anos de namoro, nosso sentimento só cresceu e se solidificou. Quando decidimos nos casar, era evidente que não estávamos agindo pela emoção, nem nos deixando levar pelo "calor da paixão". Nosso sentimento tinha passado por vários testes e sido aprovado com louvor em todos eles.

Sob a Bênção de Deus

Mesmo assim, tendo a certeza do sentimento que nos unia, durante os cinco anos e quatro meses que antecederam o "sim" no altar, eu e ele oramos e pedimos por várias vezes a confirmação ao Senhor. Fizemos provas e submetemos nosso relacionamento ao querer de Deus para nossas vidas. Não tenho dúvidas de que isso foi fundamental para termos a aprovação e a bênção do Senhor em nosso relacionamento.

Eu entendo por "bênção de Deus" não só um relacionamento amoroso, em que as pessoas suspiram: "Ai que casal lindo, não é? Foram feitos um para o outro". Bênção de Deus para mim é algo que vai além e inclui os frutos dessa união. Fico observando casais que tenho como "abençoados" e vejo como a vida deles melhorou em todos os aspectos desde que se uniram em matrimônio. Acho que é assim quando Deus aprova um relacionamento. As pessoas crescem em várias áreas. É assim que eu vejo meu relacionamento com o Alessandro.

Desde que há 10 anos dissemos "sim" um para o outro, diante de nosso pastor e de toda a igreja, temos visto a prosperidade de Deus em nosso lar. Calma, não estou falando aqui "apenas" de bens materiais. Não. Para mim, prosperidade é algo mais profundo. É crescimento espiritual, pessoal, profissional. Temos vivenciado experiências lindas com o Senhor e não temos como comparar nossas vidas hoje com a de antes do casamento.

Deus tem sido fiel, realizado nossos sonhos, nos ensinado a cada dia a depender mais e mais dEle e provado para nós como valeu a pena esperar nEle. Estamos completando 10 anos de casados, temos um filho lindo, chamado Aharon (significa: "o iluminado", o "inspirado", o "sublime") e, se Deus quiser, aumentaremos a família em breve. Eu disse "em breve", não "agora". Risos.

Gostou da história? Deus quer fazer algo parecido ou ainda muito melhor em sua vida. Ele não tem filhos prediletos. Eu não sou mais importante para Ele do que você. Portanto, seja fiel, "entregue seu caminho ao Senhor, confie nele e o mais Ele fará" (Sl 95.4). Ah, e não se esqueça de me contar o testemunho depois, tá?

Amor ou Paixão?

Você já leu este capítulo inteiro e ainda está em dúvida do que sente? Então, não deixe de fazer o teste a seguir, elaborado pela psicóloga Sônia Pires Ramos e publicado na revista *GeraçãoJC* nº 9. Para cada afirmação, assinale o que é **Paixão**, com a letra **"P"**, e o que é **Amor**, com **"A"**.

1. ( ) "Quando conheci meu namorado, senti forte atração por ele. Achei que ele era o máximo. Não tinha a mínima ideia das suas qualidades e defeitos. Não pensava em outra coisa. Foi ideia fixa. Começamos a namorar imediatamente, mesmo sem a aprovação dos pais dele."

2. ( ) "Meu amor nasceu e foi crescendo a partir do momento que o conheci, admirando as suas qualidades. Quanto mais o tempo passa, mais eu o amo e admiro."

3. ( ) "Um dos meus fortes propósitos pessoais é construir um relacionamento de amor, levando em conta o plano que Deus tem para a minha vida".

4. ( ) "Eu e o meu namorado brigamos muito. Sentimos muito ciúme um do outro e gastamos muito tempo quando estamos juntos, ou mesmo ao telefone, discutindo e tentando reafirmar o nosso amor. Nunca chegamos a um acordo, mas também não conseguimos nos separar."

5. ( ) "Nosso relacionamento proporciona o mútuo enriquecimento, fruto de harmonia compartilhada."

6. ( ) "Nosso namoro denota uma dependência muito grande. Não conseguimos desenvolver qualquer atividade individualmente."

7. ( ) "Os laços que nos unem parecem fortes e frágeis ao mesmo tempo. Eles nasceram do desejo e da necessidade de autoafirmação."

8. ( ) "Nós nos escolhemos por afinidades de sentimentos e valores. Pedimos orientação divina e a aprovação dos nossos pais."

9. ( ) "Não conseguimos respeitar regras de conduta que nós mesmos adotamos para o nosso namoro. A excitação sexual deixa-nos fora da realidade."

10. ( ) "Aproveitamos o nosso tempo de namoro com companheirismo, amizade e carinho. Fazemos planos para o futuro, sonhamos, mas com equilíbrio, com os pés firmes na realidade."

Respostas:

Questões 2, 3, 5, 8 e 10 — AMOR.
Questões 1, 4, 6, 7 e 9 — PAIXÃO.

Se você acertou todas, está de parabéns. Realmente sabe discernir entre um sentimento e outro. Mas se errou alguma, aproveite para fazer uma avaliação e repensar sobre suas emoções.

É importante destacar que só saber discernir entre eles não é tudo nesse teste. Seja sincera consigo mesma a respeito de qual tem sido o pilar principal do seu relacionamento: o amor ou a paixão. Com quais itens você identificou mais a sua história?

Agora, que já sabe (eu espero) a diferença entre estar apaixonada e amando, podemos partir para as outras questões. Se este livro "fisgou" seu coração, continue com a leitura. Quem sabe essa paixão, que está apenas começando, não se transforma em um relacionamento mais profundo lá para o capítulo cinco ou seis? E por falar em sentimento que se transforma, eu lhe pergunto: Será que uma grande amizade pode virar amor? Veremos nas páginas a seguir.

2

É Namoro ou Amizade?

Em alguns casos, se conhecem desde quando eram crianças. Brincaram muito de pique-esconde, ou foram colegas de classe, estudavam juntos para as provas e até compartilhavam segredos. As pessoas comentavam que essa amizade ia acabar em casamento, mas vocês achavam isso uma tremenda piada. Até que um belo dia, sem ficar claro o porquê, vocês dois começaram a se sentir estranhos, o relacionamento começou a mudar e passaram a não ficar mais à vontade para comentar assuntos do dia a dia, como antes.

Você começou a sentir ciúmes dele, querer saber o que ele estava conversando com "aquela" menina, a implicar com as outras moças da igreja que também eram amigas dele, etc. Enfim! Você já não era mais a mesma. Ele, por sua vez, passou a "pegar no seu pé", falar mal daquele garoto que você gostava, criticar suas roupas... Mas, apesar das implicâncias, começou a ficar difícil dizer "tchau" para ele no final de seus encontros. Você percebeu que mesmo longe dele seu pensamento sempre o acompanhava. E aí constatou: aquela bela amizade estava se transformando em uma paixão. "E agora?", "Como agir?", "Que vergonha!", "Isso não pode estar acontecendo", "Ele é como um irmão para mim" foram alguns dos pensamentos que passaram pela sua cabeça. O resumo da história é que agora você não sabe como agir diante dessa situação.

Se você se identificou com o enredo acima, relaxe. Saiba que isso é mais comum do que se possa imaginar. Amizades que se transformam em romances são mais antigas do que nós. E, às vezes, mesmo que comecem meio confusas, como a da minha amiga Mariana, podem terminar no altar! Quer saber como foi o caso da Mari? Então, siga na leitura.

Ela conheceu o Dinho assim que entrou na faculdade. Viraram amigos "de cara". Conversavam sobre tudo, inclusive sobre a namorada dele. Ele contava para ela se estava triste, feliz, chateado, etc. Ela nunca sentiu nada de diferente por ele, só amizade. Tanto que a namorada do Dinho não tinha um "pingo" de ciúmes da Mari. Eles saíam juntos para todos os lugares e se davam super bem. Passados alguns anos, a namorada do Dinho terminou com ele e mais uma vez a Mari foi a ajuda que ele buscou.

Reações Inesperadas

Ainda nos primeiros períodos da faculdade, novos amigos chegaram. De repente, o grupo era formado pela Mari, Dinho, Yasmin e Carlos. Eles até conseguiram evangelizar o Carlos e ganhá-lo para Jesus, formando assim um quarteto cristão. Que bênção, não é mesmo?

O grupo era muito unido e saía sempre. A relação era ótima até que a Mari começou a sentir algo diferente pelo Dinho, passou a pensar nele mais vezes por dia e a ficar imaginando o tempo todo o que ele estava fazendo naquele momento. A primeira medida que tomou foi evitá-lo. O maior medo da Mari era perder seu grande amigo. Ele ligava para ela todo dia, como era de costume, mas ela passou a apressar o "papo" para desligar o telefone. Dinho começou a perceber isso e perguntava sempre se ela estava enfrentando alguma dificuldade ou passando por algum problema. Mas a Mari não dizia o que estava acontecendo. Até que um dia ela se encheu de coragem e decidiu: "Vou abrir o jogo". Ligou para o Dinho e marcou de se encontrar com ele em um lugar comum para o grupo — um centro cultural da cidade. Assim, ele não desconfiaria tanto do que se tratava o assunto.

O que ela nem suspeitava é que, naquele mesmo dia, o Carlos tinha almoçado com o Dinho e aberto seu coração, dizendo que estava apaixonado pela Mari (olha a complicação!). No horário combinado, Mari chegou e começou a abrir seu coração: "Você está me perguntando há um tempo o que está acontecendo comigo e hoje eu resolvi lhe falar. É que nós somos amigos há um bom tempo e você é uma pessoa completamente apaixonante... Eu acabei me envolvendo e queria dizer que estou gostando de você". Pronto! A Mari soltou a "bomba". O Dinho arregalou os olhos e fez uma cara de desespero, para angústia da Mari, que achou que ele tinha detestado a novidade. O pior não foi isso. Sabe qual foi a única coisa que ele conseguiu dizer? "Que droga!" Isso! Exatamente isso! Mas, antes que ela desabasse (afinal, como toda menina romântica, ela jamais esperaria uma resposta desse tipo), ele tratou de se justificar. "Calma, Mari, não é nada disso que você está pensando. É que hoje, no almoço, o Carlos me procurou para justamente dizer que está apaixonado por você. E eu o incentivei a procurá-la e contar tudo que está sentindo. Nunca imaginei que ouviria isso de você. Mas quando orei hoje tudo o que pedi a Deus foi para que não me deixasse ser egoísta". Quando ele mal acaba de falar, quem entra no centro cultural? Adivinha? Isso mesmo! O Carlos! Gente, é sério. Sei que parece um enredo de filme, mas foi real. Com tantos lugares na cidade, ele tinha que ir naquele centro cultural? Naquela hora? Pois ele foi. Como era comum a Mari e o Dinho saírem juntos, o Carlos não se assustou em encontrar os dois ali. Na verdade, coitado, ele achou que ver a Mari ali era um sinal de Deus para ele e ela ficarem juntos.

Sinal de Deus?

Aqui, vale um comentário. É muito perigoso a gente atribuir a Deus qualquer tipo de situação achando que aquilo é um sinal ("Não é bom proceder sem refletir, e peca quem é precipitado", Pv 19.2, ARA). Às vezes, realmente, Deus está querendo nos mostrar algo, mas devemos estar preparadas para "ouvir" a voz dEle, e não aquilo que queremos ouvir ("Porque os meus pensamentos não são os vossos pensamentos, nem os vossos caminhos, os meus caminhos, diz o Senhor", Is 55.8). Nem sempre os "sinais" são respostas positivas. Como você pode ver no caso do Carlos.

Continuando a história... A Mari ficou em pânico. Não sabia o que fazer. Primeiro, porque o Dinho ainda não tinha dito nada acerca da declaração dela. Pelo contrário, só tinha soltado aquela frase inesperada. Segundo, ela não queria magoar o Carlos, que era seu amigão também. Entre os dois amigos (um por quem ela estava apaixonada e outro que estava apaixonado por ela), ela circulava pela exposição sem nem ter ideia de quem era o artista que tinha pintado aquelas telas. No entanto, entre um quadro e outro, o Dinho sorria e mostrava que estava feliz com a novidade.

Mari, com medo de ter que ouvir o Carlos se declarar, resolveu se antecipar e o chamou, reservadamente, para contar que estava gostando do Dinho. Mas não adiantou. Ela bem que tentou. "Carlos, olha só, eu queria falar uma coisa...". E ele prontamente a interrompeu: "Não, Mari, hoje quem quer falar sou eu". Pânico geral. Mari, não estava preparada para lidar com aquela situação, nem queria que o Carlos ficasse triste com ela. Prontamente, mudou de assunto e saiu com uma: "Olha aquele quadro! Que lindo!". Ela fugiu dele o passeio inteiro.

No final, meio decepcionado por não ter tido oportunidade de abrir seu coração, Carlos foi embora e Dinho se prontificou a levar a Mari em casa, já que moravam "próximos". Nesse percurso, a sós, eles puderam conversar melhor sobre seus sentimentos. Mari acabou dizendo que estava confusa e combinou de se afastarem um pouco. Passaram a se ver só nas aulas, sem telefonemas. Mas era um sofrimento. Quando dava mais ou menos a hora em que ele estava acostumado a ligar, Mari ficava desesperada. Sofria, sentia saudade e vontade de ouvir a voz dele.

Nesse tempo, Dinho decidiu contar tudo para o Carlos (que, é claro, ficou chateado no primeiro momento, mas depois entendeu) e, em seguida, procurou a Mari.

Depois de duas semanas sem conversarem por telefone, tentando se evitar, Dinho bateu na porta da Mari com um imenso buquê de flores.

Pausa para o suspiro, meninas. Ele a pediu em namoro, disse que não havia cabimento eles ficarem separados, distantes, se os dois estavam sentindo a mesma coisa. Ela aceitou e começaram a linda história de amor deles.

Dois anos depois... a Mari e o Dinho subiram ao altar! Isso mesmo! Ah, e o Carlos e a Yasmim foram padrinhos! Legal, não é?

Quando Deus está na história, as situações se ajeitam, e tudo dá certo. Carlos encontrou outra pessoa, a Yasmin também (esqueci de dizer que ela, mesmo nunca tendo se declarado, também demonstrava uma certa "quedinha" pelo Dinho). Apesar dos contratempos, a amizade entre os quatro se manteve e foram "felizes para sempre".

Admiração ou Paixão?

Apesar de estarem cientes do que sentiam um pelo outro, Mari e Dinho levaram um tempo até se acostumarem com a ideia de que não eram mais simples amigos. Eles se sentiam estranhos em andar de mãos dadas, trocarem carinhos e até quando começaram a chamar o outro com apelidos carinhosos. Era engraçado.

Mas, afinal, o que leva amigos a se apaixonarem? Segundo a psicóloga Sônia Pires, há diferenças nos relacionamentos que iniciam pela amizade ou por uma paixão. "No caso de amigos que se apaixonam, o sentimento inicial geralmente é o da admiração pelo outro. Essa afeição pode ir crescendo e se transformar em paixão", explica.

Um dos fatores que influencia, sem dúvida, é a questão das afinidades que um casal de amigos tem. Tese defendida pela velha máxima de que "os opostos se atraem, mas os iguais se identificam". As afinidades até podem ser um atrativo, mas não são garantia de sucesso no relacionamento, de acordo com a psicóloga. Ela defende, inclusive, que muitas pessoas se tornam amigas justamente por suas diferenças. "Muitas vezes, existem grandes amigos que desenvolvem uma amizade profunda, mais pela complementação do que pelo que tem parecido. Quando o relacionamento se inicia pela amizade, a pessoa tem um tempo maior para assimilar que essas diferenças podem completar a ambos, e não necessariamente vão separar as pessoas. Já quando é por uma paixão, as diferenças funcionam mais para criar conflitos, pois nesse caso não existe muito tempo de a razão, do lado inteligente pensar".

Sônia Pires destaca ainda que em muitos casos, de acordo com pesquisas, relacionamentos que começam e se mantém pelas afinidades tem mais chances de acabar, pois vão ficando monótonos, rotineiros. "Já quando as pessoas são diferentes, elas podem até ter conflitos, brigar algumas vezes, mas desenvolvem um relacionamento por complementação, que é mais difícil de haver a separação", frisa. Interessante, não é?

Mas nada de entrar em pânico porque você e seu namorado são muito parecidos. Isso não significa que o relacionamento está condenado ao término. Em alguns casos isso realmente pode acontecer, mas, para evitar a monotonia, é importante conservar a individualidade, investindo tempo em atividades que cada um gosta, sem se anular e se tornar um "clone" do outro.

Por isso que é importante tomar cuidado para não misturar os sentimentos. Muitas vezes, um período de carência e até de TPM pode fazer com que confunda as estações. Guilherme, amigo meu, chegou a essa conclusão. Ele e a Soraia eram como irmãos, se davam super bem, até que uma época os dois estavam sozinhos, sem namorar, e começaram a ficar mais próximos. Ele resolveu contar à Soraia que estava meio confuso, achava que estava gostando dela. Mas antes de tomarem qualquer atitude precipitada, decidiram que iam orar por um período, se afastar, para saber se estavam confundindo os sentimentos. Dito e feito. Após esse afastamento, os dois conseguiram entender melhor o que sentiam e concluíram que tudo não passava de uma crise de carência. Continuaram a ser amigos e hoje até se divertem quando se lembram dessa história. No caso deles, a amizade prevaleceu, sem traumas, nem prejuízos. Imagina se eles tivessem insistido nessa história de romance sem ter certeza do que realmente sentiam? No mínimo, iriam perder a amizade bonita que haviam construído.

Dicas Preciosas

Se você está pensando: "Ah, será que comigo vai ser como o caso da Mari?", "E se eu estragar tudo?". Realmente, é um risco a se correr. É preciso orar e buscar a orientação de Deus, pois a Bíblia já nos alerta sobre como nosso coração às vezes pode nos induzir ao erro ("Enganoso é o coração, mais do que todas as coisas, e perverso; quem o conhecerá?", Jr 17.9).

Nem todas as histórias de amizades que viraram paixões acabam com final feliz. Então, para evitar prejudicar seu relacionamento com o melhor amigo, preste atenção em algumas valiosas dicas:

♡ O primeiro passo é você estar ciente de seus reais sentimentos pelo seu amigo. Tem certeza de que está apaixonada? Ou só está com ciúmes da amizade dele com outras pessoas? Será que não é TPM ou só uma carência?

♡ Ore ao Senhor. Busque a direção dEle (Is 55.6). Pode ser que você perceba que estava errada, que apenas tinha confundido os sentimentos, e siga sua amizade como sempre. Se isso não acontecer, é provável que seu amigo perceba que as coisas já não são como eram antes e a chame para conversar.

♡ Não fuja da conversa. Dizer o que está sentindo é o melhor caminho para resolver essa situação.

♡ Não tomem atitudes precipitadas sem terem a certeza da vontade de Deus para a vida de vocês. Se agirem assim, correm o risco de perder uma bela amizade e ainda estarem fora do centro da vontade do Pai (no caso da Mari, ela e o Dinho tinham a preocupação de não machucar um grande amigo de ambos). A Mari e o Dinho tiveram até zelo pela fé do Carlos, já que ele era novo convertido e poderia se sentir traído pelos amigos que haviam apresentado Jesus a ele. É importante não sermos egoístas! Precisamos medir as consequências de nossos atos, principalmente quando existem outras pessoas envolvidas (Mt 22.39).

♡ De repente, essa conversa será uma grande surpresa tanto para você quanto para ele. Por isso, o ideal é que fiquem um período afastados para colocarem os pensamentos em ordem, assimilando melhor toda a história. (Lembra da Mari? Ela ficou duas semanas, mas cada caso é um caso. Se sentir necessidade, amplie o prazo.)

♡ Não force a "barra". Entregue essa situação nas mãos de Deus e aguarde o agir dEle (Fp 4.6,7). Se for da vontade do Senhor, com certeza, vocês ficarão juntos. Se não, creia que Deus está no controle de sua vida e no tempo certo lhe dará o seu escolhido.

> *Às vezes, realmente, Deus está querendo nos mostrar algo, mas devemos estar preparadas para "ouvir" a voz dEle, e não aquilo que queremos ouvir.*

Espero tê-la ajudado com este capítulo. Que Deus possa iluminá-la e trazer a paz ao seu coração para que entenda e organize seus sentimentos, sem confusões, crises ou perdas. E, por falar em confusão de sentimentos, você já se enganou em relação a alguém? Já se decepcionou e se entristeceu ao descobrir que a outra pessoa não era nada do que você imaginava? Eu já. No próximo capítulo, você vai conhecer algumas histórias assim.

3

Caindo na "Rede"

Há alguns anos chegou na Redação da revista *GeraçãoJC* a carta de uma leitora desesperada. Marta, nome fictício da jovem, pedia orientação ao pastor Jamiel Lopes, psicólogo responsável pela seção *E agora, o que fazer?*. Ela queria ajudar a amiga que estava envolvida em um relacionamento perigoso.

Veja o trecho da carta: "Ela tem 20 anos e sempre foi uma bênção na igreja. Era conhecida por sempre louvar ao Senhor, até que um dia, num bate-papo na internet, conheceu alguém de outro Estado. Sem a autorização dos pais, ela vendeu vários objetos de valor que tinha e foi ao encontro desse 'suposto' rapaz. Só consigo contato com ela via e-mail. Sua família está desesperada. Ela liga sempre para os pais e diz que está bem. Como devo confortar esses pais? O que devo dizer a ela por e-mail?", perguntava a jovem na carta, que foi publicada na edição 60, de 2007.

Fiquei pensando em quantas meninas começam a namorar diariamente pela internet. Quantas amigas suas já vivenciaram essa situação? Você mesma pode já ter se envolvido com alguém dessa forma. No Brasil, mais de 60 milhões de pessoas têm acesso à internet. Nós, brasileiros, detemos o recorde mundial de tempo conectado à Grande Rede. Uma pesquisa feita em 12 países revela que os adolescentes brasileiros ficam conectados 70 horas por mês — média de duas horas e meia por dia ou mais. (Reportagem exibida no *Jornal Hoje*, na TV Globo, de 16 de junho de 2009.)

Outro dia li sobre uma pesquisa, realizada pela GlobeScan, mostrando que 30% dos usuários da internet consideram a Rede um bom lugar para encontrar namorados e namoradas.

É fato. Os namoros virtuais estão se tornando cada vez mais comuns e isso tem feito com que as pessoas menosprezem os riscos que envolvem esse tipo de relacionamento.

Não é difícil, portanto, ouvir casos de golpes. Ainda mais em sites de relacionamento, a grande atração na internet para os internautas. Vi uma reportagem que destacava justamente isso: "Pesquisa mostra que o Brasil é o país com maior número de internautas usando sites de relacionamento. 70% de quem acessa a rede já entrou pelo menos uma vez num desses sites. Com o movimento maior, crescem também os golpes".

A reportagem foi publicada no portal G1, em 20 de agosto de 2009. E dizia mais: que já existem até quadrilhas especializadas em tomar dinheiro de pessoas apaixonadas. Chocante, não é? Infelizmente, mesmo diante de todas essas evidências, muitas meninas insistem em se relacionar no campo virtual. E é bom deixar claro. Quando falo isso, não questiono a comunicação entre pessoas que se conhecem e utilizam os benefícios da tecnologia para estreitar ainda mais a relação. Não há mal nisso. O perigo é acreditar em um desconhecido e passar a se relacionar com essa pessoa, como a menina da carta.

No livro *Só para Meninas*, falei sobre os perigos da internet, principalmente em salas de bate-papo. Espero que você (se leu) tenha aprendido um pouco. Mas, desde a publicação dele, tenho ficado cada vez mais preocupada com o comportamento das adolescentes na Grande Rede. Não é raro aparecer nos noticiários histórias de meninas que foram enganadas, violentadas, roubadas por conta de "namoros virtuais". E, por eu não querer que você seja uma delas, resolvi fazer esse alerta.

www.perigoavista.com.br

A internet é uma das maiores invenções dos últimos tempos. Ninguém pode descartar os benefícios que ela nos proporciona. Quer coisa mais fácil e prazerosa do que jogar uma palavra em um site de buscas e se deparar com uma lista imensa de páginas com conteúdos relacionados ao que está procurando? Já imaginou quanto tempo levaria até encontrar aquilo tudo em livros e enciclopédias? Isso é só para citar um dos benefícios da internet. E poder comprar, pagar contas ou rever velhos amigos? Que delícia!

E ler toda a Bíblia ali, em idiomas diferentes, com a opção de buscar exatamente aquele trecho que tanto procurava? Bem como explicações e estudos acerca do tema sobre o qual você vem meditando? Como diz o comercial, não tem preço.

O problema é que, como em todo lugar, a internet está recheada de pessoas mal-intencionadas e é aí que mora o perigo. Muitas meninas insistem em acreditar em tudo que leem na Grande Rede e, assim, abrem brechas para situações de perigos. "Conhecem" pessoas no Orkut, Twitter, em salas de bate-papo, blogs, etc. e se esquecem que por trás daquele perfil pode estar uma pessoa completamente diferente da qual ela está se correspondendo.

Muitos pais e mães bem que tentam alertar, mas infelizmente os filhos não querem ouvir. Se você age assim, agora não vai ter como escapar. (Opa! Você pode sim! É só fechar o livro! Mas você não faria isso comigo, faria?)

Você pode me questionar dizendo que conhece pessoas que começaram a namorar pela internet e estão muito felizes até hoje. É mesmo? E se eu lhe disser que conheço alguns casos semelhantes, mas que nem por isso a aconselharia a "embarcar" no mesmo navio? E as páginas de jornal que a todo momento apresentam crimes ocorridos entre pessoas que se conheceram virtualmente?

Só para ter uma ideia, segundo dados de um estudo realizado com 80 nova-iorquinos por pesquisadores norte-americanos, cerca de 81% das pessoas que buscam parceiros em websites de namoros virtuais mentem sobre suas características. A pesquisa observou que homens mentem mais sobre a altura, enquanto as mulheres preferem mentir sobre o peso. Mais de 52% deles declararam ser pelo menos 2 centímetros mais altos do que são, enquanto 64% delas disseram ter no mínimo 2,5kg a menos do que têm.

Isso é só um exemplo, digamos, "inocente" de mentiras nos relacionamentos virtuais. Você pode questionar: "Mas é só uma mentirinha? Que perigo há em mentir o peso?". De fato, aparentemente essa informação não é prejudicial, nem pode trazer riscos para ninguém. Mas e que tal você parar e pensar por alguns segundos nos princípios que devem reger um relacionamento? Não seriam o amor, carinho, respeito, sinceridade, verdade? A mentira em nenhum momento deve estar presente em um relacionamento, principalmente quando envolve cristãos. Leia João 8.44.

Além do mais, vamos combinar, quem começa mentindo sobre a altura, não terá dificuldade nenhuma ao partir para mentiras, digamos, mais "cabeludas", concorda?

O Caso de Megan

Um dia desses, folheando a edição nº 214 da *Marie Claire* (janeiro de 2009), deparei-me com uma matéria chamada *Cyberbullying*. Fiquei horrorizada com o que li. "Megan Meier era uma adolescente americana como tantas outras: um pouco acima do peso, um pouco baixinha. Assim, sem se entender pela vida, foi buscar amigos na internet [...] Megan se apaixonou por um falso garoto que encontrou na web. Ele a elogiava, deixava sua autoestima em dia. Megan ficou forte. Só que o assédio de Megan terminou de uma forma dramática. Em outubro de 2006, seu 'namorado' começou a puxar briga e, um dia, teclou: 'O mundo seria melhor sem você'. O recado, cruel demais, levou Megan ao suicídio. Ela tinha 13 anos. O 'namorado' de Megan, descobriu-se mais tarde, tratava-se de Lori Drew, uma mulher de 49 anos que foi condenada por acessar ilegalmente um computador.

O caso é de arrepiar. Megan era amiga de Sarah, filha de Lori Drew. Vizinhas e da mesma idade, um dia elas se desentenderam. Desconfiada de que Megan falava mal de Sarah, Lori inventou Josh Evans, um adolescente de 16 anos, que frequentava a rede social MySpace. Foi lá que Megan o conheceu e se apaixonou.

Nessa época, ela passava por tratamento psicológico e tomava antidepressivos. Mas o encontro com Josh a estava deixando mais feliz. Megan acreditava que ele era seu namorado. Só que, de repente, Josh passou a insultá-la. Os dois brigaram *online*, até Megan receber a mensagem que a fez se enforcar. A farsa começou a ser descoberta dias depois do suicídio — Lori teria contado a outras pessoas sobre Josh e, com a morte de Megan, a história vazou."

Fui pesquisar na internet e descobri que em 2008 um juiz federal condenou Lori Drew por três delitos leves por acessar ilegalmente um computador protegido, violando os termos do serviço da rede social MySpace. Drew sabia tanto que seus atos eram ilegais que tratou de deletar o perfil falso assim que soube da morte de Megan, mesmo assim não foi presa.

Megan é, infelizmente, só mais uma das milhares vítimas de crimes cometidos pela internet. Às vezes, a pessoa que tecla do outro lado até se descreve fisicamente de forma verdadeira, mas o caráter é completamente ocultado. Não é raro encontrar na própria Rede histórias como a de V.F.M. Ela não quer nem ouvir falar em salas de namoro ou bate-papo. Conheceu o que parecia ser o grande amor da sua vida em um desses sites de relacionamento. O perfil era de um companheiro perfeito, o seu "príncipe encantado". Ele mora em Portugal e passaram quase um ano se falando apenas pelo computador ou longas ligações telefônicas. Ele ligava quase todos os dias, e insistia para que fosse visitá-lo, o que acabou acontecendo. Só que nem tudo era como ela imaginava. Ele era exatamente como dizia ser, mas apenas na aparência, porque o comportamento violento deixou marcas difíceis de esquecer. Ela acabou pedindo ajuda a desconhecidos, pessoas que conheceu durante a viagem, para voltar para casa antes da hora, e, agora, só quer saber de computador para trabalhar. Que perigo!

Cyberbullying

O caso de Megan abriu espaço para uma discussão sobre as penas por crimes como o *cyberbullying* (prática que envolve o uso de tecnologias para dar suporte e apoio a comportamentos deliberados de hostilidade e humilhação por parte de uma pessoa ou um grupo com a finalidade de prejudicar outrem).

Segundo artigo publicado no blog www.ciberdominiopublico.blogspot.com, resultados de uma pesquisa recente da Cox Communications Teen Online & Wireless Safety, em parceria com o National Center for Missing & Exploited Children (NCMEC) e John Walsh, mostram que "muitas crianças e adolescentes não apenas frequentam esse novo espaço de convivência, mas estão ativos em cada nuance dessa convivência virtual. Além disso, muitos não têm controle sobre o que fazem e/ou com quem o fazem online", revelou dados do estudo intitulado *Teen Online & Wireless Safety Survey — Ciberbullying, Sexting and Parental Controls* (maio de 2009).

O artigo ainda destaca: "Para esse levantamento, a Cox Communications contratou a Harris Interactive para realizar uma pesquisa entre adolescentes americanos (de 13 a 18 anos), com os seguintes objetivos: (1) examinar o comportamento online e ao celular dos adolescentes, considerando de modo específico o envio de mensagens de texto ou e-mails sexualmente sugestivos e o assédio (*bullying*) de colegas online ou por mensagens de texto; (2) entender o relacionamento entre adolescentes e seus pais no que diz respeito a controles dos pais para o uso da internet; (3) descobrir como e por que adolescentes acessam a internet pelo celular. A pesquisa entrevistou 655 adolescentes entre 9 e 21 de abril de 2009, e um dos resultados foi que o *cyberbullying* é muito comum entre os adolescentes de hoje: cerca de um terço deles experimentou, se envolveu em ficou sabendo a partir de amigos que tiveram pelo menos uma dessas experiências.

Outros resultados apontam para uma diferença entre o que os adolescentes sabem e o que eles fazem — eles dizem que sabem que é inseguro disponibilizar fotos no portal de uma rede social ou em blogs públicos, e mesmo assim eles o fazem".

Denuncie

Lauro Monteiro, editor do portal Observatório da Infância e coparticipante na elaboração do *Estatuto da Criança e do Adolescente*, destacou em entrevista à revista *GeraçãoJC* nº 77: "A tecnologia está ajudando muitos autores de *bullying* a intensificarem suas práticas de forma anônima". Afinal, na internet, é possível que uma calúnia seja repassada por e-mail, por exemplo, a milhares de pessoas em segundos. E o anonimato faz com que os agressores se sintam valentes, imbatíveis e impunes.

Mas esse quadro começa a mudar. Com a criação das Delegacias de Delitos Cometidos por Meios Eletrônicos, muitos desses casos começam a ser investigados e punidos.

Portanto, se você está sendo vítima de alguma situação humilhante através da internet ou celular, compartilhe. Seu silêncio só irá beneficiar o agressor. Procure seus pais ou professores e conte tudo. Dependendo de quanto se sentiu humilhada e exposta, vale sim procurar uma dessas delegacias especializadas. Os agentes que trabalham nesse departamento podem agir de forma rápida e pedir para que seja retirada do ar (site, blog, twitter, etc.) qualquer palavra ou imagem que exponha a vítima de maneira humilhante ou ofensiva.

Nunca permita que seja desrespeitada com chacotas ou difamações, seja pessoalmente, seja no mundo "virtual".

Alto Risco

Sinceramente, fiz questão de colocar aqui todos esses dados e histórias para convencê-la de que os riscos de uma relação que começa no campo virtual são muito altos para serem ignorados. Para cada caso de sucesso (?), quantas centenas de meninas saíram machucadas, violentadas, roubadas, com suas vidas marcadas para sempre?

E ainda por cima, se você está à procura de relacionamentos sérios, para casamento, é muito provável que não encontrará na Grande Rede. Segundo o psicólogo Antonio Carlos Araújo, que realizou em 2004 uma pesquisa a respeito das consequências do namoro virtual, as relações geradas por essa modalidade geralmente são descartáveis de afetividade, como se fosse o "ficar", só que no campo virtual.

Por isso, querida leitora, por favor, siga minha dica: não se arrisque em relacionamentos virtuais. Você pode estar lidando com pessoas muito perigosas e acabar machucando não só a si mesma, mas aos seus familiares, como a menina da carta.

Por falar na carta, na resposta à amiga, o pastor Jamiel destaca que não há muito que se pode ser feito em relação à moça, já que ela é maior de idade. Para ele, esse é um problema que precisa ser resolvido entre ela e seus pais

Agora, analise a situação friamente. Se pessoalmente, olhando no olho, a gente já se decepciona quando determinada característica da personalidade do outro é apresentada, imagine em relacionamentos via computador? Como ter certeza de que o que está acontecendo é real? Se ele é calmo ou agressivo? Paciente ou nervoso?

Se você conheceu alguém da internet e está se envolvendo com essa pessoa, compartilhe, converse com alguma amiga cristã ou com sua mãe.

"Cega" de Paixão

Outro agravante para essa situação é que a capacidade de discernir o certo do errado, o que eu quero e o que não serve para mim, fica completamente prejudicada quando entra em cena a paixão. Apaixonada, a menina adquire uma "cegueira", que prejudicará sua avaliação correta sobre quem de fato é o outro. Resultado: envolvida, "cega" e apaixonada, a "namorada" se envolve e acaba guardando para si aquele relacionamento, criando um segredo entre ela e seu "namorado" virtual.

Porém, no caso da internet, este é um dos grandes trunfos dos enganadores. Certos de que não serão descobertos, já que contam com o sigilo da "namorada", eles conseguem o que querem. Fazem chantagens, marcam encontros e pedem até "provas de amor", pedindo sempre para que não contem a ninguém.

Se você conheceu alguém da internet e está se envolvendo com essa pessoa, compartilhe, converse com alguma amiga cristã ou com sua mãe. Peça ajuda para tentar identificar o verdadeiro caráter de quem está do outro lado. A pessoa próxima a você, que não estará "cega" de paixão, ajudará a enxergar melhor o que está acontecendo e, assim, poderá identificar alguns sinais de perigo. E não se esqueça do alerta bíblico: "Enganoso é o coração, mais do que todas as coisas, e perverso; quem o conhecerá?" (Jr 17.9).

Cuide do seu coração, de seus sentimentos. Não entregue suas emoções nas mãos de uma pessoa que acabou de conhecer, que nem sabe na verdade de quem se trata. "Acima de tudo, guarde o seu coração, pois dele depende toda a sua vida" (Pv 4.23, NVI). Com certeza, seguindo esse precioso conselho bíblico, suas chances de se machucar e se decepcionar diminuem bastante. Pessoalmente ou "pescando" na Grande Rede.

4

Uma Mão aqui, Outra ali

Geralmente é assim que acontece: a menina começa a namorar, se apaixona (não necessariamente nessa ordem), se envolve no namoro e passa a achar que o relacionamento é tudo em sua vida. Com isso, começa a deixar de lado suas responsabilidades. No colégio, vive com a cabeça na "lua". Deixa de se dedicar aos estudos, e o reflexo vem em notas baixas no boletim. Em casa, já não quer saber de ajudar nos afazeres domésticos. E, para completar, a vida espiritual começa a ser afetada. Vai deixando de orar, começa a faltar aos cultos, à Escola Dominical, etc. Às vezes, isso acontece inconscientemente, ou melhor, por estar "cega" de paixão, a menina não consegue ou não quer enxergar a realidade: Jesus já não ocupa o primeiro lugar em sua vida.

Fraca na fé, apaixonada e inexperiente, ela se entrega a essa paixão de corpo e alma, literalmente. E antes que você ache linda essa parte do "entrega de corpo e alma", quero lhe dizer que de bonito isso não tem nada. A consequência inevitável dessa "entrega" são carícias inapropriadas, intimidade precoce e relacionamento sexual antes do casamento. Ou seja, tudo que Deus não deseja em um namoro.

O Namoro da Fernanda

Conheço inúmeras histórias como esta e, de tanto ouvir e tomar conhecimento, já estou expert no assunto. Sei de longe as consequências quando vejo o quadro se repetir. A última e mais recente foi a história da Fernanda, filha de uma amiga minha. Ela tem 16 anos e começou seu primeiro namoro há poucos meses. Alertei a mãe para que conversasse com ela, explicasse os limites, as regras, no entanto, demonstrasse que estava dando um voto de confiança ao casal, já que o pai era contra ela começar a namorar. Porém, sendo "perturbada" pela filha, a mãe conseguiu contornar a situação. Assim minha amiga fez.

O rapaz, Jonas, era dedicado na igreja, participava de todos os cultos, estava nos ensaios e vivia alegre, era daqueles como se diz por aí, do "rétété". Esses predicados fizeram com que os pais de Fernanda ficassem mais despreocupados em relação ao namoro deles. Infelizmente a história, que tinha tudo para ter um final feliz, não terminou assim.

Fernanda começou a chegar tarde em casa, depois da escola. Saía da aula às 12h30min, mas só aparecia em casa depois das 16 horas. Todo dia. Em casa, já não queria ajudar a mãe. Não lavava mais a louça, nem adiantava o jantar, nem ajudava a tomar conta dos irmãos mais novos, suas obrigações, já que a mãe trabalhava fora e, sozinha, não dava conta de tudo.

Na escola, ia mal. Na igreja, cismou que não queria mais cantar no grupo dos adolescentes porque não concordava com a líder. (Quando a vida espiritual vai mal, a primeira coisa que as pessoas fazem é buscar culpados, esquecendo de olhar para dentro de si em busca das respostas.)

A vida de Fernanda passou a ser o Jonas. Quando chegava em casa, depois da escola, ia para o telefone e ficava "pendurada" por horas falando com o namorado. A conta das ligações começou a vir tão alta, que minha amiga foi obrigada a bloquear a linha. Não satisfeita, Fernanda, copiou escondido o número do cartão de crédito da mãe e conseguiu comprar créditos para o celular. Repetiu o procedimento várias vezes até que a fatura chegou e a minha amiga entrou em pânico. Imaginou que o telefone tivesse sido clonado e disse que faria uma queixa na delegacia mais próxima. A Fernanda ficou desesperada e acabou confessando o erro. Uma grande decepção para minha amiga. Ela nunca esperava uma atitude dessas da própria filha. Mas esta não seria a única.

A Conta sempre Chega

Quando esses fatos chegaram ao meu conhecimento, conversei com meu esposo e sentimos que o erro maior estava prestes a acontecer. Não demorou 15 dias para que a bomba estourasse. Passando mal, com uma dor no corpo, Fernanda foi levada ao hospital pela mãe. Após uma bateria de exames, a médica deu a notícia: "Fernanda, você está grávida!".

"Foi como se tivessem enfiado uma faca no meu coração", disse minha amiga. "Eu não acreditava que tinha ouvido aquilo da médica. Por que minha filha fez isso comigo? Senti-me traída!"

Para a Fernanda também foi uma surpresa. Ela tivera uma única relação sexual com seu namorado e não imaginava nunca que a consequência seria uma gravidez. Na cabeça dela, e de muitas adolescentes, gravidez só acontece com quem pratica relações sexuais frequentemente. Um grande erro que a ginecologista especialista em adolescentes, Arlete Gianfaldoni, esclarece: "É possível sim, não só na primeira, mas na segunda, na terceira, na quarta e em qualquer relação sexual que ocorra de forma desprotegida (sem o uso de camisinha ou anticoncepcionais)". Ela ainda faz um alerta: "Aliás, se você for virgem, o risco de engravidar pode ser até maior. Pesquisas científicas mostraram que um alto nível de estresse altera o equilíbrio hormonal da mulher. Ou seja, ela pode ficar mais fértil. Muitas vezes, a primeira relação sexual causa ansiedade e isso pode deixá-la até mais propensa a uma gravidez", explica Arlete, que também é doutora assistente do Hospital das Clínicas de São Paulo.

Fernanda achava que aquele momento não traria consequências e pecou com Jonas. Ele, por sua vez, estava desempregado, tinha parado de estudar e também entrou em pânico. Não sabia o que fazer. Não tinha condições de assumir uma família, nem se sentia preparado para ser pai.

Um filme passou na mente de Fernanda. "Por que eu fiz isso? Por que deixei meu namoro chegar a esse ponto? Por que não parei as carícias no início? Por quê?" A culpa e arrependimento inundaram seu coração. Ela pensava nos planos que tinha feito para a sua vida: se formar em Medicina, conseguir um bom emprego, casar de véu e grinalda na igreja, com uma festa linda, ter seu primeiro filho com 28 anos, o segundo com 30 e assim por diante.

A realidade agora era bem mais dura. Fernanda teria que parar de estudar para começar a trabalhar, não teria mais a festa que sonhou para seu casamento, nem condições financeiras de fazer seu enxoval, quanto mais comprar berço, banheira, roupinhas, toalhas, cobertor, etc.

Em poucos meses, uma menina crente, temente a Deus, boa aluna e excelente filha tinha se transformado por completo. Um "simples" namoro fez a vida de Fernanda tomar um rumo totalmente diferente do que ela tinha planejado.

Um Passo de Cada Vez

A questão da gravidez na adolescência é mais frequente do que parece. E muitas meninas teimam em achar que isso só vai acontecer com as outras. Se você tem um namoro dentro dos padrões bíblicos, sem excessos, sem defraudações e fornicações, pode sim ficar tranquila de que está livre desse mal.

O erro está em muitos casais que acreditam que uma concessão hoje, ou um carinho mais ousado amanhã, não trará maiores consequências. Ledo engano. O filho pródigo (Lc 15.11-32) não se afastou da casa do pai da noite para o dia. Pelo contrário. A cada amanhecer ele dava mais passos para longe do abrigo, do lugar seguro. Assim é no relacionamento fora do que Deus planejou para seus filhos. Um passo errado a cada dia e um abismo no final (Gl 6.6,7).

É triste constatar que muito da responsabilidade de namoros promíscuos e pecaminosos está nas mãos das meninas. Sim, isso mesmo. Nós, meninas, somos o termômetro do relacionamento. Você sabe disso.

Não quero aqui isentar a responsabilidade espiritual dos meninos diante de Deus. Quando um casal peca, as consequências vêm para os dois. (Lembra-se do caso de Adão e Eva em Gênesis 3? Ele bem que tentou se esquivar, dizendo que a culpa tinha sido da companheira, mas Deus não "engoliu" a desculpa, já que ambos estavam cientes do que podiam ou não fazer no Éden.) Porém, em um namoro, um rapaz só vai aonde a menina permite. Se ela faz uma concessão hoje, ele se sente motivado (e às vezes até desafiado) para ir um pouco além amanhã e, assim sucessivamente, até que o ato seja consumado.

Deus preparou o sexo como uma experiência prazerosa, demonstração de amor e unidade. O sexo não é algo sujo, feio ou errado. Se alguém lhe ensinou assim, está mentindo ou sofreu algum trauma. Você acha que Deus reservaria um presente tão especial como esse para aqueles que se guardaram até o casamento se fosse algo ruim? ("E qual dentre vós é o homem que, pedindo-lhe pão o seu filho, lhe dará uma pedra? E, pedindo-lhe peixe, lhe dará uma serpente? Se vós, pois, sendo maus, sabeis dar boas coisas aos vossos filhos, quanto mais vosso Pai, que está nos céus, dará bens aos que lhe pedirem?", Mt 7.9-11.) De forma alguma. Quando feito no casamento, sob a bênção do Senhor, ele é como um presente que Deus nos dá. E, diferente do que ocorre com os que o praticam fora da vontade dEle, não há culpa, remorso, nojo após o ato. Só felicidade.

Por isso, minha amada leitora, não pule etapas. Não vale a pena. Os planos de Deus para a sua vida são maravilhosos ("Porque eu bem sei os pensamentos que penso de vós, diz o Senhor; pensamentos de paz e não de mal, para vos dar o fim que esperais", Jr 29.11).

Aprenda a esperar nEle (Sl 40.1), a fazer tudo no tempo certo (Ec 3.1), porque se assim você agir não tenha dúvida de que Ele honrará sua dedicação, seu compromisso com Ele. Está na Bíblia: "Eis que os olhos do Senhor estão sobre os que o temem, sobre os que esperam na sua misericórdia" (Sl 33.18). O Senhor vai preparar para você alguém verdadeiramente especial para curtir não só um momento de emoção e prazer, mas uma vida de bênçãos e felicidade. Uma verdadeira história de amor. E tenho certeza de que é isso que você quer, estou certa?

Limites Rompidos

Agora, se você já ultrapassou os limites, sente desconforto ao lembrar-se dos momentos que passou com seu namorado e sua consciência a acusa, não prolongue mais essa angústia. Você se arrependeu do que fez? Sente culpa? Deus está de braços abertos para lhe perdoar. "Vinde, então, e argui-me, diz o Senhor; ainda que os vossos pecados sejam como a escarlata, eles se tornarão brancos como a neve; ainda que sejam vermelhos como o carmesim, se tornarão como a branca lã" (Is 1.18). Abra seu coração para Ele, dobre seus joelhos e faça uma oração como esta: "Senhor, eu sou tua filha, tua serva, e estou diante de ti para pedir perdão. Pequei contra ti. Permiti que meu namoro ficasse aquém do que o Senhor deseja para nós. Sinto-me envergonhada e arrependida. Tenho medo de perder minha comunhão contigo e de que teu Espírito se afaste de mim. Por isso, Pai, eu te peço, limpa meu coração, minha mente e meu corpo. Dá-me força para não pecar novamente. Dá-me pensamentos puros e santos. Que eu nunca me esqueça, Senhor, de que meu corpo é templo do teu Espírito e que minha vida te pertence. Por isso, Pai, te peço perdão. Em nome de Jesus, amém!".

Essa foi a oração que Deus colocou no meu coração para escrever aqui. É claro que você não precisa repetir exatamente as palavras que coloquei. Fale do seu jeito, do seu modo, na sua intimidade com Deus. O importante é fazer uma oração sincera ("Confessei-te o meu pecado e a minha iniquidade não mais ocultei. Disse: confessarei ao Senhor as minhas transgressões; e tu perdoaste a iniquidade do meu pecado", Sl 32.5, ARA). Deus não rejeita um coração quebrantado: "Os sacrifícios para Deus são o espírito quebrantado; a um coração quebrantado e contrito não desprezarás, ó Deus" (Sl 51.17).

Com a alma e o corpo limpo, e a consciência tranquila, converse com seu namorado. Diga como se sentiu depois que se excederam nas carícias. Fale a verdade. Não tente minimizar com receio de que ele a considere careta ou retrógrada. Se ele tiver o mínimo temor ao Senhor, já virá conversar com você com o mesmo sentimento.

Agora, se ele se mostrar arredio, frio ou debochar de sua declaração, nem prolongue a conversa. Termine ali mesmo o namoro. Escute o que eu digo (ou escrevo!). Não valerá a pena continuar nesse relacionamento. Está evidente de que esse namoro só a levará cada vez mais para longe da presença do Senhor. Termine enquanto é tempo, antes que o Espírito Santo se retire de sua vida. Ou você está disposta a abrir mão do Salvador de sua alma, daquEle que a tirou do lamaçal do pecado, a fez nova criatura e escreveu seu nome no Livro da Vida por causa de um menino? Não esqueça de que não é preciso dizer: "Senhor, eu não o amo mais, tá?". Basta agir como tal. Afinal, quem ama é fiel, não trai (1 Co 13.7). Cuidado! Com suas atitudes você pode estar dizendo ao Senhor: "Deus, eu o quero bem longe de mim. Pode ir embora da minha vida". Depois não diga que ninguém a avisou.

Reconstruindo o Relacionamento

Agora, se os dois reconhecem que erraram e estão dispostos a seguir o namoro de uma forma diferente, santa, na presença de Deus, não deixem de vigiar. Fique atenta a algumas dicas:

♡ Ore sempre. Jejue. Peça a todo momento para que o Senhor guarde vocês dois de caírem novamente.

♡ Evite ficar muito tempo sozinha com seu namorado.

♡ Procure sair em grupo. Não necessariamente em todas as ocasiões em que estiverem juntos, pois vocês também precisam conversar a sós para poderem se conhecer. Uma dica é escolher lugares públicos, movimentados, para as saídas com o namorado, como shoppings, lanchonetes ou até a cantina da igreja. Isso ajuda a manter o relacionamento sadio, já que na frente dos outros a tendência é terem mais controle e domínio próprio.

♡ Nos períodos em que estiverem a sós, não se esqueça nunca de que há uma terceira pessoa ali presente entre vocês dois. Pense: "O Espírito

Santo se sentiria à vontade entre nós?". Se a resposta for não, é sinal de que estão trilhando um caminho errado. Por isso, procure conversar sobre coisas sadias. Vocês podem (e devem) orar juntos e também combinar de lerem a Bíblia. Que tal um ou dois capítulos cada vez que se encontrarem?

♡ Purifique sua mente. Evite pôr coisas más diante dos seus olhos (Sl 101.3). Filmes, revistas, sites e conversas na escola devem sempre passar pelo filtro de Filipenses 4.8: "Finalmente, irmãos, tudo o que é verdadeiro, tudo o que é respeitável, tudo o que é justo, tudo o que é puro, tudo o que é amável, tudo o que é de boa fama, se alguma virtude há e se algum louvor existe, seja isso o que ocupe o vosso pensamento" (ARA).

♡ Tome cuidado com as roupas, olhares, risadinhas e toques "sutis" em seu namorado. Você pode não estar "na prática" tendo intimidade física com ele, mas o fato de despertar desejo sexual em seu namorado já é pecado (1 Ts 4.6). Chama-se defraudação. No próximo capítulo, falo bastante sobre isso e explico direitinho do que se trata. Não deixe de ler!

♡ Se perceber que ainda assim está em perigo de pecar, não hesite em ampliar ainda o intervalo entre os dias em que se veem. Chame alguém para sempre estar presente nos encontros de vocês. Ore e jejue mais. Deus a ajudará. Existem certas horas em nossas vidas — conselho valioso, preste atenção — em que é muito melhor a gente sair correndo como fez José (Gn 39) do que esperar para ver o que acontece. Não podemos nos esquecer nunca de que somos humanas, fracas e sujeitas a falhas. Por isso, não devemos ficar testando nossos limites ("Aquele, pois, que pensa estar em pé veja que não caia", 1 Co 10.12, ARA). Mesmo que os outros riam de você ou a chamem de maluca, se perceber que está prestes a sucumbir, corra! Literalmente, se preciso!

♡ Agora, se essa situação se repetir e você perceber que não estão conseguindo se controlar, só restam duas sugestões: ou se casem ou separem-se. A Bíblia dá esse conselho: "Mas, se não podem conter-se, casem-se. Porque é melhor casar do que abrasar-se" (1 Co 7.9). Não adianta ficar caindo no pecado toda semana e pedindo perdão ao Senhor. Ajam para solucionar rapidamente essa questão. Orem ("Mais uma vez?" Sempre, querida! Orar nunca é demais), conversem com seu pastor e expliquem a situação. Deus pode usar seu servo para ajudá-los nessa questão. Mais não se esqueça: A responsabilidade no namoro é do casal. "Contatos físicos constantes e longos períodos de carícias, devem ser evitados. Quando a intimidade física se desenvolve antes da espiritual, forma-se uma nuvem de culpa entre o casal, e entre eles e o Senhor", aconselha no livro *Antes de Dizer Sim* o pastor Jaime Kemp, uma autoridade em aconselhamento conjugal e pré-nupcial, com vários livros escritos sobre o tema.

Para finalizar, voltando à história do início do capítulo, infelizmente, a Fernanda perdeu o bebê que esperava. Ela passou mal ainda nas primeiras semanas de gestação e descobriu que o bebê tinha morrido. Mais uma crise, choro e feridas. Ela agora busca reconstruir seus "cacos", reencontrar-se e rever seus planos para seguir sua vida, sabendo que, apesar do perdão de Deus, levará para sempre consigo as marcas pelo seu erro.

Foi duro, real, mas necessário este capítulo. "Porque o Senhor corrige a quem ama e açoita a todo filho a quem recebe [...] Deus, porém, nos disciplina para aproveitamento, a fim de sermos participantes da sua santidade. Toda disciplina, com efeito, no momento não parece ser motivo de alegria, mas de tristeza; ao depois, entretanto, produz fruto pacífico aos que têm sido por ela exercitados, fruto de justiça" (Hb 12.6,10,11, ARA). Se você chegou até aqui, parabéns e obrigada. Ainda tem muito mais esperando por você — é só virar a página!

O erro está em muitos casais que acreditam que uma concessão hoje, ou um carinho mais ousado amanhã, não trará maiores consequências. Ledo engano.

5

Provocar É Pecar?

Durante a preparação do meu primeiro livro, desenvolvi um hábito que me acompanha até hoje: por onde quer que eu ande, sempre estou de olho nas meninas. Na igreja, no shopping, na rua ou em eventos, procuro observar o modo como falam, vestem-se, gesticulam e se comportam.

Quando viajei à Itália, em uma das férias mais maravilhosas que tive, em 2008, fiquei encantada com as meninas de lá. Lindas, falavam alto e sempre andavam em grupo (assim como as brasileiras). Em um restaurante, meu marido não acreditou quando viu que além de prestar atenção na conversa (detalhe: sem entender muita coisa, pois não falo nada de italiano), eu tirava escondido fotos de um grupo de meninas (risos). Mas eu explico: era objeto de estudo, entende? E nessa análise comparei: "menina" é "menina" em qualquer lugar do mundo. Porém, mesmo sendo parecidas em alguns aspectos, cada uma escolhe o modo de vida que quer levar, concorda?

Infelizmente, nem sempre o que vejo me deixa feliz. Um dia desses em uma igreja, vi certa agitação nas meninas que estavam sentadas à minha frente. Elas pareciam ler algum caderno e comentavam, cochichando, com risinhos, sobre o que liam. Ai gente, me desculpe, mas como jornalista, a curiosidade é uma das minhas marcas registradas.

Voltando à história, em certo momento, o pastor pediu para que a igreja ficasse em pé, e as meninas permaneceram sentadas. Nessa posição, acabei "dando de cara" com o tal caderno e, mesmo a certa distância, "sem querer" consegui ler o que estava escrito. Era como um questionário, mas já com respostas prontas. Tinha coisas como: "Beijo na bochecha: Me quer bem"; "Beijo no pescoço: Me deseja", etc.

Fiquei com muita vontade de alertá-las sobre o perigo de acreditar naquelas palavras. Mas como eu poderia dizer que tinha lido sem a permissão delas? Fui para casa preocupada não só com aquelas meninas, mas com todas as outras que tiveram acesso àquele caderno.

Carícia É Prova de Amor?

Cada vez mais o Inimigo age de forma sutil com o objetivo de enganar "presas" fáceis. A mensagem subliminar naquelas palavras do questionário era clara e pretendia associar carícias a consequências de sentimentos românticos e bonitos, como se a prova de que os meninos gostam de verdade de suas namoradas agir daquela maneira. O que é justamente o contrário!

No entanto, aquele caderno é só mais um dos elementos nessa corrente em apologia às carícias, ao sexo descompromissado, fora do casamento. Essa mesma mensagem é difundida diariamente pela mídia, por meio de revistas, programas de televisão, novelas, filmes e sites. Já é mais do que comum os personagens de novela se relacionarem sexualmente bem antes de sonhar em casar. Na verdade, na televisão, casamento é uma coisa e sexo é outra, que não precisa estar ligada a compromisso. Quando aparece, de vez em quando, um personagem que é virgem, é tratado como motivo de chacota. A proposta, geralmente, é ridicularizar, excluir, para que quem assiste "aceite" a ideia de que o normal é ir contra o que ensina a Bíblia.

O mercado das telenovelas no Brasil é um negócio que rende muito dinheiro e, por isso, o principal filão das grandes emissoras. Normalmente, o sucesso se dá por uma junção de fatores: uma trama envolvente, cenários belíssimos, atores bonitos e com corpos esculturais e uma história de amor como pano de fundo. Envolvidas por esse clima de "romantismo", muitas meninas crentes, sem perceber, começam a torcer para o "casalzinho" ter sua primeira noite de "amor" o mais rápido possível, esquecendo-se completamente dos princípios bíblicos para que isso aconteça.

Além disso, a mídia, segundo a psicóloga Sônia Pires, tem influenciado também as preferências: "Atendo muitas adolescentes e tenho visto o crescente interesse delas por homens mais velhos, fruto do que tem sido propagado em novelas e revistas de celebridades". Normalmente, elas associam a idade à maturidade, estabilidade e, muitas vezes, ficam tão obcecadas que ignoram até o fato de eles serem casados (!). Chocante!

Uma Trama Ardilosa

O sistema desse mundo tem utilizado a "sutil" supervalorização do corpo, ensinando às meninas que para serem felizes precisam ser magras, cheias de curvas, etc. O segundo passo é fazê-las acreditar que para serem amadas é preciso, em primeiro lugar, serem desejadas fisicamente. E, por fim, uma vez que começam a se relacionar, que só serão felizes se forem tocadas, "acariciadas" — quando a palavra certa seria "manuseadas", usadas e desrespeitadas — por seus namorados. Se isso não acontecer, existe algum problema nelas ou no relacionamento. Está vendo a inversão de valores? Que cilada!

Por enxergar isso, minha revolta com aquele questionário foi muito grande. Você já parou para pensar? Ele incutia na mente das meninas que se o namorado delas não fizesse nenhuma daquelas carícias era sinal de que ele não gostava delas de verdade. Um absurdo! Uma mensagem totalmente contrária aos ensinamentos bíblicos.

Deus nos ensina que o verdadeiro amor não se comporta de forma leviana, indecente (1 Co 13.5). Ele diz que o nosso corpo é templo de seu Espírito, e não um instrumento de satisfação carnal (1 Co 6.16). Pelo contrário, Ele nos ensina a usar nosso corpo como instrumento de santidade.

Simpática ou Oferecida?

Nessa campanha, vejo que muitas meninas desistiram de usar características como elegância, inteligência, seriedade (no sentido de porte, em oposição a vulgaridade) e simpatia para atrair a atenção de algum menino especial. Resolveram, como dizem por aí, "partir para o ataque".

Passaram a acreditar que o corpo é um caminho fácil para "conquistas", atrair a atenção de um pretendente ou namorado e, por isso, passaram a usá-lo para seduzir e provocar a atenção dos meninos. Usam decotes profundos, roupas transparentes, curtas e sensuais. Às vezes, a "provocação" fica nos olhares, insinuações, toques sutis e risadas "inocentes".

Antes que você venha querer se justificar dizendo: "Ah, tudo bem, Eveline! Então quer dizer que eu não posso mais falar com nenhum menino, nem sorrir para eles, nem muito menos cumprimentá-los?". Não foi isso que eu disse. Não sou uma extraterrestre (na verdade, a Bíblia diz que eu não sou deste mundo [1 Pe 2.11]. Vai ver é isso!), que vive em um planeta de pessoas antissociais, que não interagem, nem se comunicam. Você sabe muito bem do que estou falando. Não se faça de inocente.

Jesus mesmo era um homem sociável, que convivia com homens, mulheres e crianças, crentes e não-crentes (Mt 19.14; Mc 3.8; Lc 7.37,38). A diferença é que Ele fazia a diferença entre as pessoas e não se portava como os pecadores que o acompanhavam. A Bíblia é clara: "Vivam como pessoas livres, mas não usem a liberdade como desculpa para fazer o mal; vivam como servos de Deus" (1 Pe 2.16, NVI).

No caso das meninas, existe uma diferença muito clara entre ser simpática e... digamos... oferecida. Pronto, falei. É isso. E você, que tem o Espírito Santo de Deus em sua vida, sabe muito bem quando ultrapassa essa linha.

Se você se identificou com as atitudes que citei acima, pois tem agido assim, pare imediatamente e peça perdão ao Senhor. O que você tem feito, provocando os meninos no sentido sensual, tem um nome: chama-se defraudação. O apóstolo Paulo nos alerta em 1 Tessalonicenses 4.6: "E que, nesta matéria, ninguém ofenda, nem defraude a seu irmão; porque o

Senhor, contra todas estas coisas, como antes vos avisamos e testificamos claramente, é o vingador" (ARA).

Meninas-Passatempo

Você sabe o que é defraudar? No livro *Antes de Dizer Sim* (p. 31), o pastor Jaime Kemp explica o que o apóstolo Paulo estava querendo dizer quando escreveu esse texto: "A palavra defraudar significa tirar vantagem sobre o outro. Há várias maneiras de se defraudar, mas Paulo está falando aqui de uma defraudação sexual. Defraudar significa excitar, ou despertar desejos sexuais na outra pessoa, que não podem ser satisfeitos dentro da vontade de Deus, que é o casamento. A palavra defraudar também significa utilizar como se fosse sua a propriedade de outra pessoa". Ele continua: "Um olhar sensual, uma roupa, são maneiras de um jovem defraudar o outro".

Quem se comporta dessa forma, além de demonstrar que não está preocupado em servir fielmente a Deus nem tem o menor zelo pela vida espiritual do outro, age como uma pessoa vulgar, que não se dá o valor devido. Jesus comprou sua vida com o sangue derramado no Calvário. Ele pagou um alto preço por você. E agora, em retribuição, é assim que você agradece? Está errado.

Você está em pecado e também responderá diante de Deus pelas consequências de suas atitudes na vida espiritual do menino, sabia? E tem mais uma coisa... Só para você saber, quero lhe contar um segredinho. Mesmo que você ache que está arrasando, que todos os meninos querem namorá-la porque seu corpo é bonito, você é "simpática", saiba que quando vira as costas eles falam mal de você. É isso mesmo. Dizem coisas como: "Fulana? Ah, Fulana não é para namorar; é só para ficar". Sabe por quê? Meninos não querem como namoradas meninas que se comportam de forma vulgar, que se oferecem como se fossem mercadorias. (Você vai ler mais sobre isso adiante, no capítulo "E eu? Será que Sou para Casar?".)

Quem me disse isso? Os próprios meninos. Não se esqueça de que cresci no meio de dois irmãos, tenho primos, amigos e já trabalhei com adolescentes. Sempre ouvi deles que existem meninas que não servem para um relacionamento sério, mais profundo e compromissado. São as chamadas "meninas-passatempo".

Conversei também com a psicóloga Sônia Pires, que está acostumada a atender adolescentes e jovens em seu consultório, e ela me disse: "As meninas estão em busca de um menino para casar. Mas, para conquistá-lo, mostram-se às vezes 'moderninhas' demais. Por isso, são interpretadas como meninas 'para ficar', e aí não adianta querer mostrar depois que são diferentes porque não funciona para eles".

Eu espero, de coração, que você não seja uma dessas, que usam o corpo como um objeto, um instrumento de sedução e pecado. Se você tem sinalizado por meio de suas roupas e comportamento que está disponível para quem quiser, pare, pare, pare! Já! Agora! Não continue nesse caminho, agindo desta forma.

E se Deus Fosse Você?

Quando for escolher uma roupa para sair, inclusive e principalmente com seu namorado, vigie. Quando estiver entre os meninos, comporte-se. Tenha cuidado nos olhares, toques "sutis" e sorrisinhos mal-intencionados. Lembre-se de que Deus está em você. Pergunte-se: "Será que o Senhor está gostando desse meu comportamento?". Certamente, o Espírito Santo que (ainda) habita em você trará a resposta ao seu coração.

Não use seu corpo como instrumento do Inimigo, para cobiça e pecado. Use seu corpo para glorificação do nome do Senhor ("Que cada um de vós saiba possuir o próprio corpo em santificação e honra", 1 Ts 4.4, ARA). Tenha certeza de que Deus irá honrá-la e, no tempo certo, lhe dará um namorado especial, preparado por Ele para você. Acredite! Foi assim com a Laura, só para citar uma história das dezenas que conheço.

Ela aceitou a Jesus ainda na infância e cresceu aplicando os ensinamentos bíblicos em sua vida. Beatriz, sua prima, era três anos mais velha, rica, bonita e simpática, uma referência para Laura. Na adolescência, Beatriz tinha total liberdade. Ia a festas, baladas... Não tinha problemas com horários e ainda contava com o apoio dos pais.

Laura confessa que, às vezes, sentia desejo de ter aquele estilo de vida da prima. "Ela era do jeito que eu sonhava. Tinha muitas roupas e parecia se divertir bastante." No entanto, obediente a Deus e aos pais, optou por permanecer na presença do Senhor. Em uma ocasião, quando a Laura tentou aconselhar a prima, ouviu da Beatriz: "Ah, Laura! Quem você pensa que é? Não sabe nada da vida. Você não vive, vegeta!". Aquelas palavras foram como flechas em seu coração, vindas diretamente do Inimigo. "Era como se estivesse sendo desafiada a largar tudo e ir para o mundo." Laura engoliu "seco" e foi chorar aos pés do Senhor.

Deus nos Honra

Pouco tempo depois, a vida de Beatriz começou a mudar. Aos 15 anos, ficou grávida. O namorado não quis se casar com ela, que da noite para o dia tornou-se "mãe solteira". Aos 20, mais um filho. Dessa vez, o rapaz resolveu se casar, mas Beatriz sofria com o vício que ele tinha em bebidas e drogas. Além disso, traições e desentendimentos eram rotina em sua casa. Festas, baladas, mordomia e até a beleza ficaram pelo caminho. Sem falar nos estudos que não puderam ser concluídos.

Beatriz passou a ser uma menina digna de pena. Enquanto isso, Deus foi abrindo as portas para Laura. Um emprego bom, faculdade, pós-graduação e um ótimo casamento foram algumas das bênçãos que recebeu. O tempo passou e, recentemente, a prima reconheceu que a Laura tinha se tornado o que ela sempre desejou, mas não conseguiu. Minha amiga não tem dúvida de que valeu a pena esperar no Senhor e fazer sua vontade. "A pressão era muito grande para que eu seguisse aquele caminho, indo no sentido contrário do que ensina a Palavra, mas optei por seguir o plano de Deus para minha vida e Ele me honrou", testemunha emocionada. "Hoje, oro para que o Senhor faça o mesmo na vida de minha prima, para que assim como reconheceu que a fidelidade ao Senhor foi a melhor escolha que fiz, decida-se por aceitar esse mesmo Deus em sua vida", conclui.

Não caia na armadilha do Diabo de achar que se comportando decentemente não será admirada, nem amada. Não. Os planos de Deus para sua vida são ainda melhores do que os que você imagina (Is 55.9). Não vale a pena seguir os conselhos do mundo e, com isso, carimbar um passaporte rumo à infelicidade, arrependimento e frustrações mais à frente. "Portanto, santificai-vos e sede santos, pois eu sou o Senhor, vosso Deus. E guardai os meus estatutos e cumpri-os. Eu sou o Senhor que vos santifica" (Lv 20.7,8).

Se você tem sinalizado por meio de suas roupas e comportamento que está disponível para quem quiser, pare, pare, pare! Já! Agora!

Famosas e Frustradas

Quantas meninas que conheço que eram famosas no colégio e no bairro por serem, digamos, mais "saidinhas", enfrentaram uma vida adulta marcada de arrependimento e sofrimento, como a Beatriz. Colheram o fruto de seus comportamentos inadequados.

A psicóloga Sônia Pires explica o que acontece: "Quando você desenvolve sua personalidade, desenvolve também seu quadro de valores, do que é bonito ou feio, pecado ou não. Isso começa bem cedo. Você vai assimilando essas informações e formando seu caráter. Daí, com o passar do tempo, você vai começando a viver experiências e ter que colocar em xeque tudo o que aprendeu. Quando começa a namorar, é despertado em você todo um lado afetivo muito forte. Então, o impulso para a sexualidade, mesmo que seja apenas para as carícias mais íntimas, vem forte. E você fica em conflito entre essa força do lado da sexualidade e a força do lado dos valores.

Normalmente, a menina pode até não chegar a um relacionamento sexual, quando o lado dos valores vence. Mas, mesmo assim, ela começa a se questionar o quanto pecou, o quanto aquela atitude vai prejudicar sua vida.

São coisas que passam na mente da menina e acabam trazendo muito sofrimento. Ela passa a ter nojo, começa a se punir. Isso tudo pode trazer muito sofrimento e graves consequências até para o casamento, como dificuldade em desenvolver um relacionamento sexual sadio, por culpa dos atos praticados na adolescência".

Dor, culpa e remorso. Não permita que esses sentimentos façam parte de sua vida. Vigie sempre e lembre-se do seu compromisso com o Senhor. Aja como uma filha fiel para que, quando você passar na rua, as pessoas digam: "Ali vai uma serva de Deus". Prefira mil vezes ser conhecida assim do que ter sua imagem associada a de uma garota fácil, vulgar, sem valor. Não é assim que Deus te vê. Nem é assim que Ele deseja que os outros a vejam. Fique com o conselho do pastor Jaime Kemp: "Mesmo que a sociedade ache esses padrões 'quadrados', temos que lembrar que o importante é o que Deus pensa, e Ele já nos deu o seu padrão".

Chegamos à metade do livro! Passou rápido, não é? Mas ainda falta muito assunto para a gente conversar, e nem pense em me deixar sozinha agora para ir assistir à televisão! Risos. Acho que sou capaz de ter um ataque de ciúmes! Ops! Menos. Ataque de ciúmes não combina com quem tem o temperamento moldado pelo Espírito Santo, como você vai ver no próximo capítulo. Espero você na próxima página!

6

Ciumenta, eu?

O ciúme é um dos grandes vilões dos relacionamentos. Tem gente que acha legal cultivar um pouquinho desse sentimento no namoro, defende que ele dá um "tempero" à relação. Outras meninas, no entanto, não veem graça nenhuma na ideia de o namorado provocar desconfiança nelas. Por fim, existe aquela categoria de pessoas que beiram a doença. Têm ciúmes das amigas, dos pais, do cachorro, do computador, do celular, até da sombra se bobear. Sem falar nas meninas que fuçam a vida do namorado na internet, os recados no celular, verificam os e-mails, a carteira, controlam o horário e até a que programas de televisão ele pode assistir! São verdadeiras detetives!

Se o menino sonhar em olhar para o lado ou cumprimentar outra menina, é briga na certa. Falar com a ex-namorada? É o fim! Sair com os amigos? Nunca! Receber ligação de alguma mulher? Nem pensar. Enfim, são tantas exigências que muitos meninos acabam sufocados de tanto controle. Parecem estar em um quartel-general.

Realmente, tem muita menina que beira a loucura. Fazem cenas na rua, são completamente descontroladas e se portam como se o namorado fosse propriedade sua. Fazem escândalos (que vergonha!) e até esquecem que são filhas e servas de Deus. Eu digo "esquecem" porque os verdadeiros servos do Senhor têm as características do fruto do Espírito e precisam demonstrá-las em todas as áreas de suas vidas.

Não adianta ser "mansa" na igreja, cantar no grupo jovem e viver nos cultos de oração, e fazer um escândalo a cada encontro com o namorado. Vamos lembrar quais são as características do fruto do Espírito? É sempre bom reler Gálatas 5.22,23: "Mas o fruto do Espírito é: amor, alegria, paz, longanimidade, benignidade, bondade, fidelidade, mansidão, domínio próprio".

Os Grandes Vilões

Ter domínio próprio e, principalmente, amor a si mesma é fundamental para domar o ciúme. Segundo o psiquiatra e psicoterapeuta Eduardo Ferreira-Santos, a base do ciúme é a autoestima baixa. Ele explica que, além disso, estariam mais propícias a sofrer desse mal as pessoas que têm sentimento de exclusão, que viveram ambiente de traição ou ainda que não sabem lidar com dificuldades da vida. "A pessoa só vai ter medo de perder o outro se ela achar que não tem valores suficientes para ficar com ele", explica.

É o que defende também Sônia Pires: "O ciúme é sempre um sentimento doloroso. Às vezes, aquele zelo, aquela 'preocupaçãozinha' pode acontecer. O perigo é que a tendência dele é aumentar e se tornar doentio". E o pior: "Quase sempre ele não está ligado a nenhum fundamento do que se desconfia, ou seja, não necessariamente o outro precisa dar motivos. Ele é um coquetel de sentimentos que, em geral, está associado a imaturidade e insegurança", destaca a psicóloga.

E esse tipo de sentimento não precisa necessariamente estar ligado a questões afetivas, apenas em relações de namorados. É só você se lembrar da história de José (Gn 37). A Bíblia diz que seu pai, Jacó, gostava mais dele do que dos outros filhos e, por isso, mandou fazer para José uma túnica bem bonita. "Quando os seus irmãos viram que o pai gostava mais dele do que de qualquer outro filho, odiaram-no e não conseguiam falar com ele amigavelmente" (Gn 37.4, NVI).

Todo esse sentimento negativo dos irmãos de José para com ele pode ter começado de forma branda e atingido os estágios mais altos com o passar do tempo. O que poderia ser visto inicialmente apenas como um "ciuminho bobo" acabou se tornando em ódio e levando-os a querer matar José. "Assim seus irmãos tiveram ciúmes dele" (Gn 37.11a, NVI).

Bem, o restante da história você já sabe, não é? Vou refrescar sua memória de forma bem resumida: Os irmãos venderam José para os mercadores. Estes depois o repassaram a Potifar, oficial do faraó. José passou a trabalhar no palácio, chegou a ser acusado e preso injustamente e, mais à frente, foi honrado pelo Senhor e tornou-se governador do Egito.

É meio cruel se você ler detalhadamente essa história e pensar que os próprios irmãos, do mesmo sangue que ele, é que estavam desejando tirar a vida de José. Mas serve bem para analisarmos até que ponto um ciúme pode chegar.

Os Variados Estágios

Para o psiquiatra e psicoterapeuta Eduardo Ferreira-Santos, amor e ciúme não podem andar juntos. "Ciúme é uma dor e é comum, embora não seja saudável. É um sinal de que há alguma coisa errada na estrutura da pessoa." Para ele, há quatro graus de ciúmes:

1 – Zeloso: "É um estágio em que o sentimento ainda pode ser considerado saudável, pois há o cuidado e a preocupação com o bem-estar do outro. Ao falar da roupa ou do comportamento do outro, a pessoa visa ao bem do parceiro".

2 – Enciumado: "É quem não é habitualmente ciumento, mas, na vigência de uma situação em que se vê ameaçado, sente medo de perder e entra em competição com um terceiro".

3 – Ciumento: "É o mais clássico. Não precisa de motivo nenhum para estar sempre desconfiado, imaginando que o outro pode o estar traindo. É um traço da personalidade da pessoa, que vive com medo, vasculha bolsa, celular, reclama de roupa, ou seja, vive sofrendo e com medo de perder o parceiro".

4 – Doente: "O comportamento aqui se dá através de uma doença neurológica, causada, por exemplo, por álcool ou um tumor. Nesse caso, a fantasia se torna um delírio e a pessoa tem certeza de um fato que não é realidade. É o verdadeiro ciúme patológico".

O tipo de ciúme zeloso é até citado na Bíblia, como vindo da parte do Espírito Santo por nós (Tg 4.5). É aquele sentimento de carinho, cuidado e proteção, para que não dediquemos nossa atenção para as coisas do mundo, deixando de lado a comunhão com Cristo (Tg 4.4).

Ajuda do Alto

Se você tem certeza de que é amada, seu namorado já demonstrou isso claramente para você, não há necessidade de ficar tendo ataques a todo momento, não acha? Quando você se comporta dessa forma, está dizendo em outras palavras: "Ele é meu. Não vou admitir perdê-lo para ninguém", como se seu namorado fosse obrigado a ficar com você.

Não se esqueça de que, se ele quiser, pode terminar o namoro a qualquer momento, independentemente do que você vai fazer. Inclusive, se continuar dando esses chiliques de ciúme, isso tem tudo para acontecer o mais breve possível. Afinal, nenhum menino gosta de menina que dá ataque a todo momento.

Por isso, coloque na sua cabeça que se ele está com você é porque gosta e quer estar ao seu lado. Isso é suficiente, não acha? Ame-se primeiro! Valorize-se! Não faça esse papel.

Além do mais, crises de ciúme fazem você parecer uma menina que não confia em si mesma, ou seja, que tem a autoestima baixa. E quer saber? Os meninos gostam de meninas confiantes, que sabem como são divertidas, interessantes e especiais.

Não se sente assim? Fique tranquila. No capítulo "Apaixonada por Você", abordo essa questão e tenho certeza de que você irá aprender a reconhecer suas qualidades e aumentar sua autoestima, ajudando, desta forma, a controlar o ciúme.

Agora, se tem se esforçado e mesmo assim não tem visto resultado, peça ajuda ao Senhor para se libertar desse sentimento. Ele está pronto a ajudá-la. Ore assim: "Pai, eu tenho me esforçado, mas esse sentimento tem aprisionado minha mente e trazido muito sofrimento para minha vida. Por isso, Senhor, peço tua ajuda. Dá-me paz, mansidão, domínio próprio e, principalmente, amor próprio, para que eu consiga me relacionar bem com quem amo, mas tenho machucado com minhas atitudes. Amém".

A Bíblia diz que Deus não despreza um coração quebrantado e contrito (Sl 51.17). Tenha certeza de que Ele irá ajudá-la. Entregue seus sentimentos e emoções nas mãos dEle e confie que Ele é poderoso para mudar essa história.

Ataque de Ciúme

E já que falamos nos estágios do ciúme, minha amiga Juliana é um exemplo a ser estudado! Risos! Ela sempre foi conhecida pela fama de ciumenta. Quase que se encaixa no nível de ciúme patológico! Mas teve uma dura lição tempos atrás.

Era feriado. O namorado dela não estava trabalhando, mas ela estava. Ele tem o costume de ligar para Juliana diariamente. No entanto, nesse dia, não ligou. À noite, quando acabou de chegar em casa, Juliana foi chamada pela irmã e pelo cunhado para ir lanchar fora. Ela, prontamente, decidiu ligar para o namorado para convidá-lo. E foi aí que começou o estresse. Preste atenção no diálogo:

— Alô?

— Oi, amor!

Barulho de pessoas no ambiente.

— Onde você está?

— Em um churrasco.

— Um churrasco?!! *(Juliana desfaz o sorriso.)* Onde?

— Na casa da Gisele.

Abre parênteses: Aqui cabe uma nota de esclarecimento para que você compreenda melhor os fatos. Gisele é nova convertida, muito bonita. Como ela está chegando agora, ainda usa o mesmo estilo de roupas do passado, com decotes, vestidos curtos, etc. (Já viu como a Ju ficou, não é?)

Com a voz já alterada, tentando disfarçar o ciúme, a Ju pergunta:

— Quem está aí?

— A Marcela, a Luciana, a Renata...

Reparou no detalhe da última vogal? A Ju também. O Marcos só falava nome de menina. Ainda tentando manter o equilíbrio, a Ju continua o interrogatório...

— Não tem nenhum menino da igreja aí?

— Não.

— Ô, Marcos! Desde que horas você está aí?

— Desde às 11 horas!

— Desde às 11 horas da manhã???

— Marcos... Você tem cinco minutos para chegar à minha casa se você ainda quiser ter uma namorada.

— Mas você sabe onde é a casa dela? Onde estou? É muito longe, eu não...

— Não me interessa — ela responde aos gritos.

E aí o Marcos não vigiou. Alterado com os berros da Ju, ele disparou:

— Ju, baixa a bola!

Baixa a bola? Como assim? A Ju não gostou nada do que ele disse. Na verdade, ela detestou, o-d-i-o-u, para ser mais precisa e aí... Tu,tu,tu... Ju bateu o telefone na cara dele!

Primeiro "Round"

Ela começa a rasgar os papéis que estavam em sua frente e ficar completamente nervosa. (Nervosa? Só nervosa? Muito mais.) Dez minutos depois...

Blim-blom. A campainha toca. Era o Marcos. A irmã da Ju começa a prepará-la: "Ju, pelo amor de Deus, se acalme. Não vá fazer escândalo, hein?"

Ela decide conversar com ele na rua. Vai lá fora, os dois entram no carro dela, que estava estacionado em frente à casa, e começam o diálogo (ou seria um monólogo?).

A Ju, com os punhos cerrados, sem olhar nos olhos de Marcos, começa:

— Por que você fez isso, Marcos?

— O que eu fiz? Até agora não entendi o que aconteceu?

— Realmente. Desculpe (*com deboche, é claro*). Você, na verdade, não me deve satisfação. Eu tenho que "baixar a bola", como você disse. Afinal, o que eu sou para você? Apenas uma garota sem importância, não é? Por que você precisa me dar satisfação? (*Completamente descontrolada.*)

E seguiu com seu desabafo (*Ok, tenho que concordar: era quase uma novela mexicana, mas que a Ju não leia isso, se não ela me mata! Risos!*)

— Você realmente não tem noção do que significa para mim — Marcos tentou esboçar uma reação, mas deu por encerrada sua participação na conversa sendo interrompido pela Ju.

— Ah, por favor, Marcos. Tenho duas notícias para lhe dar. Uma boa e uma ruim. A boa é que a "ficha caiu" e agora ficou muito claro para mim o que eu represento para você, ou seja, nada. A ruim, bem, a ruim, querido, é que você não vai mais namorar comigo. Pode procurar outra garota a quem você não tenha que dar satisfação. Agora, saia daqui (*Isso mesmo! Ela mandou ele sair*). Saia da minha frente, saia da minha vida! SAIAAAA DAQUIIIIIIIIIIIIII!!!! (*Aos gritos, ninguém merece, Ju!*)

Descontrole Total

Marcos, com lágrimas nos olhos, sai do carro e vai embora. A Ju desaba. Começa a chorar, chorar, soluçar e chorar de novo. Entra em casa e cai de joelhos na cama. "Senhooooorrrrr, me perdoa. Eu fiquei muito des...con... tro...la...da (soluçando), falei o que não de...viaaaa, er...rei. Meu Deus, eu sou tua serva, não pos...so me com...por...tar assim. Por que fiz isso? Por que gritei? Por que acusei? Por quê? Por quêêêêê?" Buáááááá...

Como criança, Ju chorou até dormir. No dia seguinte, a gente se encontrou. Ela, com uma cara de "enterro", muito abatida, começa a me contar toda a história e relembrar as partes principais.

— Amiga, ele não podia ter feito isso comigo. "Baixa tua bola?" Isso é jeito de falar comigo? Desde às 11 horas na casa da Gisele? Não, isso é um absurdo.

— Mas Ju, você não deixou nem ele falar...

— Falar o quê? Não tem explicação.

— Mas Ju, você fala de um jeito como se ele a tivesse traído.

— Ué, mas é a mesma coisa. Se me disserem que ele "ficou" com alguém lá eu vou acreditar.

— Meu Deus! Ju, ele ama você, e você o ama. Você acha que se ele tivesse fazendo algo errado ele iria lhe dizer onde estava e com quem estava?

— Não interessa! E o "baixa a bola"? Você acha certo ele falar assim comigo?

— Não, Ju, mas eu acho que ele estava querendo dizer para você falar mais baixo, já que você estava gritando. *(Eu, tentando administrar a situação, mas não estava conseguindo.)*

— Ah, por favor, Eve.

— É sério! Você também esqueceu que nessa hora você estava gritando ao telefone? E outra coisa: Por favor, hein, para com isso de ficar descontrolada. Meu Deus, você fica muito alterada. Isso é feio. E você, como uma serva de Deus, não pode se comportar assim. Já ouviu falar no fruto do Espírito? *(Dei um puxão de orelhas nela. Afinal, amiga que é amiga faz isso.)*

A Ju, de bico para mim e sacudindo as pernas nervosa, começa a falar mais manso.

— Eu sei que errei. Já pedi perdão a Deus. Mas...

— Mas nada, Ju. O Marcos errou quando não avisou nada durante todo o dia, mas você nem deu chance para ele se explicar.

Ju ficou pensativa e paramos de falar no assunto. O almoço terminou e a gente se despediu.

— Se cuide, amiga, não fique assim não. Tudo vai se acertar, mas vocês precisam conversar.

— Tá bom, amiga. Obrigada pela força, mas eu estou me sentindo péssima (com os olhos cheios de lágrimas). A gente se vê.

O Segundo Encontro

No final da tarde, Ju me ligou para dizer que tinha falado com o Marcos e combinado de conversarem, à noite, na casa dela. Na minha mesa de trabalho, orei: "Ah, Senhor, dá palavras sábias para a Ju. Que ela tenha mansidão, temperança, domínio próprio. Que eles dois, que são teus servos, se acertem e não deem brecha para o Inimigo no relacionamento deles. Amém".

No dia seguinte, já de manhã, outra ligação.

— Eve?

— Oi, amiga, tudo bem?

— Tudo.

— Como foi a conversa?

— Ai, amiga, tô me sentindo a pior e a melhor pessoa do mundo. Sabe o que aconteceu?

Ela começou a me contar. Na tal segunda-feira, o Marcos tinha decidido ir à consagração na igreja. No final da reunião, um presbítero pediu-lhe ajuda. Era aniversário da filha do irmão, e ele e a esposa tinham organizado um churrasco para comemorar a data. "Como nossa casa é pequena, conversamos com a Gisele, aquela moça que é nova convertida. A área dela é maior e ela concordou em ceder o espaço para a festinha. Você pode me ajudar?", perguntou o presbítero Roberto.

O Marcos, sempre prestativo, prontamente se colocou à disposição. "Claro, irmão Roberto, posso ajudá-lo sim." Então foi com o presbítero e a esposa para o local e ficou desde às 11 horas ajudando na arrumação, na preparação da carne, servindo os convidados, etc. Somente às 19 horas, quando conseguiu terminar tudo, e finalmente iria comer (estava desde a manhã daquele dia sem comer!!!)... A Ju, minha amiga linda e descontrolada, entrou em ação com seu telefonema-bomba.

Quando o Marcos começou a contar para a Ju tudo o que tinha acontecido, ela começou a chorar. Parecia, como ela me disse, que toda aquela "culpa" que, teoricamente, estava sobre ele tinha começado a se deslocar para ela. "Me perdoe, por favor, me perdoe", era só o que a Ju conseguia falar.

O Marcos não respondia. Estava disposto a terminar o que tinha começado a falar. Não queria ser interrompido.

— Você não tem ideia de como me machucou com suas palavras. Eu me senti um lixo. Pensei: Meu Deus, se eu a estou tratando dessa forma que ela diz, não sou digno de ser chamado de um verdadeiro cristão. Fiquei a todo momento me procurando naquela pessoa que você disse que eu era. Não consegui dormir, só chorei.

— Para, por favor, para. Eu não aguento mais. Estou muito arrependida. Não devia ter agido assim com você, não devia ter dito o que disse, não deveria ter gritado com você... Você não vai me perdoar?

Marcos ficou em silêncio. Aquele silêncio mortal. Em seguida (agora, meninas, respirem fundo), ele continuou a falar.

— Como posso não perdoar você? Eu te amo, Juliana! Eu a perdoei desde o momento em que o telefone tocou na minha casa. É você quem eu quero do meu lado para sempre.

Ok, pausa para você ir buscar o lenço. Não precisa disfarçar. É linda mesmo essa parte.

As Lições da Ju

O final da história? Ah, o final você já sabe. Beijinhos, abraços e promessas de nunca mais repetir os mesmos erros. Ah, e também váááááárias lições para a Ju, que servem para nós igualmente (até coloquei as referências bíblicas do lado para você ver como tudo que a Ju aprendeu é também ensinamento bíblico):

- Nunca julgue (Mt 7.1);
- Não tire conclusões precipitadas sobre um fato (Pv 29.20);
- Ouça (Pv 18.13);
- Não grite (2 Tm 2.24);
- Não machuque quem você ama (porque, no final, quem vai se machucar é você, Lc 6.31, NVI);
- Busque o fruto do Espírito (temperança, domínio próprio, mansidão, etc. Leia de novo Gl 5.22);

♡ E a mais importante de todas: o amor é lindo (e também é "paciente... bondoso. Não inveja, não se vangloria, não se orgulha. Não maltrata, não procura seus interesses, não se ira facilmente, não guarda rancor. O amor não se alegra com a injustiça, mas se alegra com a verdade. Tudo sofre, tudo crê, tudo espera, tudo suporta", 1 Co 13.4-7, NVI).

Vamos aprender com o que Deus nos ensinou? Ele nos deixa livres. Ele nos ama com um amor tão profundo, sincero, verdadeiro e sem interesses. Ele morreu na cruz por nós! Quer maior prova de amor do que esta? Porém, mesmo assim, Ele nos respeita e nos deixa à vontade para escolher servir a Ele ou não. Ele nos dá o livre-arbítrio! Imagine! Quem somos nós, diante de toda essa lição que Deus nos ensina, para "obrigar" alguém a ficar conosco?

A história da Ju terminou bem, com as pazes do casal, mas minha amiga sofreu muito por seu descontrole emocional. Desde então, tem se policiado, orado e buscado em Deus ajuda para manter o equilíbrio e a mansidão em situações "de risco".

Muito melhor é aprender a se controlar e a demonstrar o fruto de Espírito. Assim, você fica bem com consigo mesma, com Jesus, não machuca a pessoa quem ama e dá verdadeiro testemunho de cristã.

Tenha em sua mente que ciúme não é prova de amor; é desconfiança, insegurança e reflexo de uma baixa autoestima, como você aprendeu lá no início.

Quando o amor verdadeiro, vindo do Pai, estiver presente em seu relacionamento, você verá que não existirão mais brechas para esse tipo de sentimento. Permita que Deus controle seu temperamento, suas emoções, e você verá a diferença não só em seu namoro, mas em sua vida!

Ciúme Fundamentado

Agora, em algumas situações, é o menino que dá motivos para a namorada "morrer" de ciúmes. Sabe aqueles casos em que eles são "os simpáticos", que conversam com T-O-D-A-S as meninas da igreja, sempre com um sorrisinho no rosto? Pois é. Não tem namorada, por mais "relax" que seja, que não fique em algum momento enciumada com tanto carinho ao próximo (ou melhor, à próxima!), não é mesmo?

Nesses casos, no entanto, geralmente uma boa conversa e umas doses de beliscões nas horas certas (risos) funcionam. Contudo, em outros casos a situação é mais preocupante. Listei aqui algumas das características que "justificariam" certo ciúme. Fique de olho, pois algo mais sério pode estar acontecendo nos "bastidores" quando:

- ♡ Ele, de repente, passa a agir de maneira diferente com você.
- ♡ Ele a evita (já não liga com a mesma frequência, nem tem mais tempo para sair com você, etc.).
- ♡ Está mais vaidoso, preocupado com a aparência, com roupas, etc. (no caso de meninos que nunca se interessaram pelo assunto, que fique claro!).
- ♡ Sempre que está com você e o celular dele toca, fica nervoso ou sai para atender mais afastado.
- ♡ Passa a mentir. (Diz que estava na casa de um amigo, mas você descobre que não, por exemplo.)
- ♡ Passa a ter ciúmes excessivos. Isso mesmo! Para você ver que ciúme exagerado é preocupante em todos os sentidos.

Se notar que essas situações têm se tornado rotina em seu relacionamento, não titubeie. Chame seu namorado para uma conversa franca e pergunte o que está acontecendo. Diga que tem notado a mudança no comportamento dele e que não está gostando disso. Peça para que fale a verdade.

Ele pode dizer que está passando por uma fase difícil. Mas, mesmo assim, deixe claro que não irá admitir esse tipo de comportamento no namoro de vocês e dê uma chance.

Agora, se a história se repetir e/ou ele admitir que tem outra pessoa por trás disso tudo, querida leitora, aí é com você! O perdão é uma decisão muito pessoal, e que iremos tratar no próximo capítulo. Espero você lá!

7

Ihhh! Ele não É Crente!

Bonitão, inteligente, charmoso, simpático, mas... não-crente! Para algumas meninas, um perfil assim não pode ser desprezado "simplesmente" porque o rapaz não serve a Jesus. Será? Veremos.

Desde que escrevi o *Só para Meninas*, passei a receber e-mails e depoimentos no Orkut de meninas que estão passando por algum problema afetivo. E, no meio de tantas mensagens, não é difícil receber pedidos de ajuda de algumas que se apaixonam por meninos não cristãos.

A principal pergunta é: "É pecado 'só' namorar com um menino que não é crente?". Outras chegam com as desculpas: "Mas ele é tão bonzinho, comportado, até melhor do que muitos meninos da igreja, sabia?".

A Bíblia é muito clara quando aborda este tema. Ela não deixa margem para "adaptações". Um dos versículos mais diretos sobre relacionamento com ímpios é a passagem de 2 Coríntios 6.14,15: "Não vos prendais a um jugo desigual com os infiéis; porque que sociedade tem a justiça com a injustiça? E que comunhão tem a luz com as trevas? E que concórdia há entre Cristo e Belial? Ou que parte tem o fiel com o infiel?". Quer mais clareza do que isso?

Algumas meninas, no entanto, "fingem" não entender o que está escrito e abrem brechas em suas vidas para relacionamentos fora da vontade de Deus. Quantas meninas você conhece que já agiram assim, namorando rapazes não-crentes e sofreram as consequências de seus erros? Eu poderia fazer uma lista, mas vou partilhar com você apenas três histórias de amigas minhas e espero que aprenda com elas.

O "Bom" Partido

Jaqueline foi criada na igreja, em uma família tradicional. Em toda a sua infância e adolescência, ela sempre aprendeu que Deus não aprova o namoro com não-crentes. Porém, quando ela conheceu o Roberto, simplesmente "deletou" essa informação de sua cabeça. Como se tivesse sofrido uma "amnésia".

Ele era bonito, bem-sucedido, carinhoso e demonstrava ter um caráter "irrepreensível", ou seja, para ela, um "partidão". Mesmo algumas pessoas mais chegadas tendo questionado Jaqueline, ela não aceitava ser repreendida. O pior é que o Roberto, com todos os adjetivos que citei acima, conquistou rapidamente também os pais de Jaqueline, que são crentes em Jesus. Em pouquíssimos meses, Jaqueline e Roberto decidiram se casar. Ela já não ia mais à igreja, mas não admitia que era por causa do relacionamento. Dizia que estava "tudo bem", e que nada tinha mudado.

Jaqueline e todos os que a apoiaram a decisão do casamento se esqueceram de que a Bíblia nos ensina a casar com quem quisermos, "contanto que SEJA no Senhor" (1 Co 7.39b, ênfase minha). E não me venha também com essa de dizer: "Ah, mas eu, Eveline, estou trazendo ele para a igreja, pois sei que Deus vai fazer a 'obra' nele!". Isso é desculpa. Deus não precisa de muletas para fazer a obra na vida de ninguém. Lembre-se do conselho de Pedro: "Sede sóbrios, vigiai, porque o diabo, vosso adversário, anda em derredor, bramando como leão, buscando a quem possa tragar" (1 Pe 5.8).

O Perfil de Deus

Continuando a história... Dias antes do casório, Roberto "converteu-se" em um congresso de jovens. No dia do casamento, enquanto a festa "rolava", algumas pessoas perceberam que existia algo errado em Roberto, mas justificavam dizendo que ele estava em processo de "conversão".

Bem, o final da história? Aguarde um pouco para saber. Tem muita gente que acha que casamento fora da vontade de Deus é sinônimo de confusão, brigas e traições. Na maioria dos casos sim, mas isso não significa que a ausência de "grandes" problemas seja sinônimo da bênção de Deus.

O caso da Jaqueline é assim. O marido dela, até onde eu sei, nunca a agrediu, nunca a traiu, nem a desrespeitou. No entanto, continua sendo um ímpio, com práticas contrárias a Palavra de Deus, entre elas a bebida e o cigarro.

Muitas amigas de Jaqueline diziam: "Ele é um ótimo marido". Pode até ser. Depende do ponto de vista de cada um. Para o meu padrão (e o divino) de "ótimo marido", algumas características são fundamentais: ele precisa estar ao meu lado cultuando ao nosso Senhor e Salvador, ter uma palavra da parte de Deus para me dar nos momentos difíceis, orar comigo e por mim, ter prazer em meditar na Palavra, estar envolvido com as coisas de Deus, etc.

O Preço da Desobediência

A Jaqueline não pôde usufruir das bênçãos de construir sua vida junto a alguém que serve ao Senhor. Ela também esfriou na fé e não vai mais à igreja. Ou seja, está caminhando juntamente com o marido para o inferno. E quando os filhos nascerem? Será que ela terá forças para levá-los à igreja mesmo sem a aprovação do pai? Um futuro não muito promissor está a espera da Jaqueline.

O importante é destacar que mesmo que o Roberto não seja um péssimo marido, isso não isenta Jaqueline da responsabilidade que assumiu diante de Deus quando ignorou a ordenança divina de não se casar com uma pessoa não-crente.

A Bíblia é clara, e Jaqueline optou por desobedecer ao que orienta a Palavra de Deus. Por essa atitude, terá que arcar com as consequências de sua decisão diante do Pai. Não tem escapatória. E é nesse momento que a "ficha cai" para muitas meninas.

Quando comecei a escrever esse capítulo, parecia que já sabia o final da história da Jaqueline. O que Deus fala, através da sua Palavra, acontece (Am 3.3)! Sem mais nem menos, Roberto um dia disse que não a amava mais e saiu de casa sem dar explicações!

Machucada e decepcionada, Jaqueline viu seu "castelo" ruir. Hoje, admite que pulou etapas e se afastou da vontade de Deus. Voltou a se dedicar às coisas do Senhor e aguarda agora os planos do Pai se cumprir em sua vida.

É claro que por mais que a separação fosse uma das consequências prováveis para o caso da Jaqueline, confesso que doeu saber o "aparente" fim da sua história com o Roberto.

Afinal, em primeiro lugar, ninguém casa pensando em separar (casa?!?). E, em segundo, porque eu sabia que ela amava muito o Roberto. Fico imaginando... Teria sido tudo tão diferente se Jaqueline tivesse se mantido firme ao que havia aprendido na Palavra (2 Ts 2.15). Agora, só nos resta orar, dar apoio e tentar ajudá-la nesse momento tão difícil.

Culto ou Pagode?

Algumas meninas podem ter acabado de ler essa história e devem estar pensando: "Ok, mas quem disse que eu vou casar com ele? Só quero namorar!". É mesmo? A Bíblia diz que nosso coração é enganoso (Jr 17.9). Diante disso, pergunto: Quem lhe garante que não vai se apaixonar e partir para um relacionamento mais sério? E outra: desde quando uma menina cristã fica de namoro por aí sem intenção de estabelecer um relacionamento sério? Você agora se comporta como as meninas do mundo? (Rm 12.2).

Muitas dessas histórias de casamentos em jugo desigual começaram de "brincadeira" e acabaram em pecado, com decisões fora da vontade de Deus. Por isso, a dica número um e básica para essa questão é: nem cogite a possibilidade de se relacionar com alguém que não professa a mesma fé que você. O que o Inimigo quer, muitas vezes, é apenas uma oportunidade, uma chance sua para ele entrar na sua vida e se estabelecer. E muitas vezes, é através do namoro que essa ocasião é dada.

Thomas Reginald Hoover fala desse tipo de relacionamento entre crentes e não-crentes em seu livro *Comentário Bíblico: 1 e 2 Coríntios* (CPAD):

> Esse trecho e 2 Coríntios 2.14-18 não significam que devemos afastar-nos de todo contato com descrentes. Jesus foi amigo de pecadores e os conduziu ao seu Pai. Ele não orou para que pudéssemos ser tirados do mundo, mas que fôssemos guardados do mal (Jo 17.13-19). Satanás adora aproveitar as relações entre crentes e os descrentes para afastar os fiéis do seu Deus. Precisamos da proteção divina. (p. 187)

Foi o que aconteceu com a Jaqueline, lembra? Ela abriu a brecha e permitiu que um simples relacionamento a afastasse de seu compromisso com Deus, fazendo com que ficasse cada vez mais distante da casa do Pai.

Pense bem: nesse tipo de relacionamento não há como cobrar que o menino tenha posturas adequadas de um cristão e os mesmos interesses que você. Um caso tratado na revista *GeraçãoJC* nº 58, na seção *E agora, o que fazer?*, abordou exatamente isso. A moça apresentava a questão de uma menina de sua igreja, que havia se envolvido com um rapaz não-crente e estava completamente apaixonada. O menino foi "intimado" pelo pastor e pela mãe dela a tomar uma decisão, e ele deixou bem claro que já tinha aberto mão de algumas coisas em favor dela, mas que da roda de pagode não abriria. Além disso, destacou que em todo relacionamento os dois precisam ceder e, segundo ele, teria chegado a hora de a namorada começar a fazer as concessões.

Agora, imagine a situação. Que trama diabólica essa menina foi se envolver! E você? É isso que deseja para sua vida? Estar na igreja, louvando ao Senhor, enquanto seu namorado está em uma roda de pagode, balada ou seja lá onde for? Você buscando os dons espirituais, e ele em busca dos "dons" carnais? Já pensou?

"Um jugo, ou canga, obriga os animais emparelhados a andarem juntos com passo igual e colaborarem em tudo. Imagine a frustração e atrito de ficar emparelhado com alguém que queira seguir princípios ímpios, enquanto você tenta seguir a Cristo!", diz Thomas no mesmo livro (p. 185). E complementa: "É por isso que Paulo, citando Isaías 52.11, urge: 'Pelo que saí do meio deles, e apartai-vos, diz o Senhor' (6.17). É um bom conselho para nós também!".

Não vale a pena, querida leitora, passar por esse sofrimento. Pois, no primeiro momento, pode até parecer legal, bom, mas logo virão as consequências de seu pecado e a história mudará de figura.

A Fatura Chega

Enquanto estão envolvidas pelo clima da paixão, muitas meninas nem sequer pensam no futuro, agem como se não houvesse amanhã. É como se estivessem usando um cartão de crédito sem nem se preocupar se terão condições financeiras de pagar a fatura no final do mês. Mas, como você e eu sabemos, uma hora a fatura chega na nossa casa e aí é que muitas delas tomam um "choque de realidade". É geralmente nessa hora que "caem" em si do erro que cometeram, quando se dão conta do valor alto a acertar. Foi assim com outra amiga minha, a Graziela, que é inclusive, filha de pastor.

Da mesma forma que a Jaqueline, ela começou a namorar um rapaz que não era crente (no caso dela, ele era desviado dos caminhos do Senhor). O Juliano passou a ser uma verdadeira obsessão na vida da Grazi. Mesmo sendo extremamente ciumento, ela fazia todas as vontades do rapaz. A família não gostava da forma como ele a tratava, como se fosse um objeto seu. Ele também implicava com as roupas e amizades de Grazi, além de ter um temperamento muito agressivo.

Passado um tempo de namoro, eles decidiram se casar, mesmo sem o apoio da família dela (o que já era um grande sinal). Deus também usou algumas pessoas para falar com ela que não aprovava aquele relacionamento. (Parênteses: Neste caso, não precisava nem um profeta ter sido usado para que ela tivesse noção do que estava fazendo, já que a Bíblia é clara em relação a esse assunto e a Grazi conhecia a Palavra.) Mas ela estava "cega" de paixão. E, por isso, sabe o que respondeu para o Senhor? "Estou disposta a pagar o preço que for para ficar com o Juliano." A família não pode fazer nada, já que ela era maior de idade.

O Senhor colocará em seu caminho, no momento certo, a pessoa especial preparada por Ele. Não vale a pena se machucar fora da vontade de Deus.

O "Príncipe" Virou Sapo

Grazi casou e em poucos meses os problemas começaram. Ciúme, brigas, bebida, traição, e até drogas, passaram a fazer parte da rotina do casamento dela. Os filhos vieram, a paixão dela por ele continuava acesa, mas Juliano não correspondia. Era grosseiro e um péssimo marido. Grazi tentava agradá-lo. Achava que conseguiria sozinha levar à frente aquele casamento. Mas não adiantava.

Juliano cada dia ficava pior. Controlava os passos dela, mas saía para bares e "baladas", bebia e se envolvia com outras pessoas. Não tinha o menor respeito por ela, chegando até a agredi-la fisicamente.

Em resumo: um vida sofrida, com muita dor. Por fim, Juliano abandonou a Grazi, saiu de casa e foi viver com outra pessoa. Ela, felizmente, com muita dificuldade (ele controlava os horários que ela poderia sair à noite) se manteve esse tempo todo na presença do Senhor, o que a ajudou a passar por tanto sofrimento, mas nem por isso sua conta foi anistiada.

Somos responsáveis pelos nossos atos. Ela pagou um alto preço por ter ido contra a vontade de Deus e até hoje sofre as consequências de seu erro. Só Deus sabe a dor de seu sofrimento, as noites em claro e humilhações que ela passou.

É claro que Deus, com seu infinito amor, nos acolhe, conforta e consola quando precisamos, mas Ele não nos abona das consequências de nossos erros. A história de Grazi poderia ter sido tão diferente se apenas tivesse ouvido a voz do Pai. Em vez de só choro e tristeza, felicidade e amor. Hoje, ela relembra do que disse ao Senhor e, tenho certeza, pensa consigo mesma: "Ah, se eu pudesse voltar atrás".

Deus quer fazer parte de toda nossa vida. Quando lhe entregamos nossa vida, dizemos com esse gesto que queremos que Ele nos guie em todas as áreas. Não devemos duvidar, nem nos amedrontar. Ele sabe o que é melhor para os seus filhos. "E qual dentre vós é o homem que, pedindo-lhe pão o seu filho, lhe dará uma pedra? Se, vós, pois, sendo maus, sabeis dar boas coisas aos vossos filhos, quanto mais vosso Pai, que está nos céus, dará bens aos que lhe pedirem?" (Mt 7.9,11).

"Ah, mas ele é tão lindo, Eveline, não tem nenhum menino na igreja que chega 'aos pés' dele", você pode estar pensando. Posso afirmar: Creia que Deus tem preparado um muito melhor para você (Ef 3.20). Descanse e espere nEle (Sl 40.1). O Senhor colocará em seu caminho, no momento certo, a pessoa especial preparada por Ele. Não vale a pena se machucar fora da vontade de Deus. "Entrega o teu caminho ao Senhor; confia nele, e ele tudo fará" (Sl 37.5).

"Eu ou ele?"

Para finalizar, queria compartilhar a história da Juliana, uma amiga minha (lembram dela, do *Só para Meninas*?). Ela nasceu e foi criada no evangelho. Porém, aos 16 anos, começou a fazer alguns trabalhos como modelo. Por certo tempo, ela conseguiu conciliar o trabalho com o compromisso com Deus. No entanto, meses depois, já estava distante da Casa do Pai.

Ju saía para "baladas", se vestia de forma indecente, tinha amigos que bebiam, etc. Porém, as coisas começaram a piorar quando ela conheceu o Rodrigo. Além de estudar, ela também trabalhava na universidade. Rodrigo era bonitão, inteligente, bem-sucedido e... chefe dela!

Eles começaram a namorar, porém os pais dela não aceitavam o relacionamento. Não queriam que a filha namorasse um homem que fumava, bebia e era incrédulo. Minha amiga insistiu no namoro, mas a mãe dela deu um prazo para que decidisse: ou terminava o relacionamento com o Rodrigo ou teria que sair de casa.

Eu acho que a tia Helena, mãe da Ju, no fundo não esperava que a minha amiga fosse adiante com aquilo, mas ela foi. A Ju decidiu continuar com o Rodrigo e teve que sair de casa.

Quando a gente toma uma decisão fora da vontade de Deus, o efeito é como de um dominó. Uma série de atitudes erradas, como uma bola de neve. Quer ver só? A primeira atitude errada da Ju foi ter se afastado da presença do Pai. Mas não parou por aí.

Depois de ter saído de casa, os pais da Ju começaram a brigar feio. O pai culpava a mãe por ter colocado a filha para fora de casa. As brigas foram aumentando até que eles se separaram. Além disso, desde que tinha saído de casa, a Ju passou a morar na casa de uma das irmãs de sua mãe. Isso deixou a tia Helena muito chateada. Para ela, era como se a irmã estivesse sendo conivente com o namoro da filha, "passando a mão" na cabeça da minha amiga. Consequência: as duas irmãs pararam de se falar.

Está vendo como as coisas estão se complicando por causa de uma decisão errada da Ju? Mas a história não acabou. Os irmãos ficaram proibidos de falar e se encontrar com a Juliana. Isso tudo só fazia minha amiga ficar mais triste e só.

Por fim, o namorado "maravilhoso" passou a ficar endemoninhado em sua frente! Isso mesmo! A Ju o viu várias vezes possesso, mas como estava desviada, não tinha forças nem coragem de repreender os demônios. Tudo só piorava na vida da Ju.

A Vírgula da História

Mas (como é bom servir a Deus, não é? Ele sempre coloca um *mas* em nossa história) a misericórdia do Senhor é grande e Ele começou a agir na vida da Ju (Lm 3.22). A mãe telefonou para ela pedindo perdão e convidando-a para voltar a morar com a família. Os pais se reconciliaram e, como mais um sinal para que a Ju enxergasse que aquele relacionamento não estava de acordo com a vontade de Deus para a vida dela, o Rodrigo a traiu. Isso fez com que os olhos dela se abrissem e enxergasse o caminho que estava andando.

A Ju se reconciliou com Jesus, mudou radicalmente (eu sou testemunha). Começou a se envolver nos trabalhos da igreja, liderou o grupo de jovens, assumiu a classe de adolescentes na Escola Dominical e passou a ser um instrumento do Senhor na pregação da Palavra. Uma vida nova!

A partir de sua experiência, a Ju tem alertado muitas meninas sobre o perigo de se envolver com alguém que não serve ao Senhor. Hoje, ela é casada, feliz e vive um relacionamento abençoado por Deus e aprovado pelos pais.

Se você está começando a gostar de algum menino que não serve a Deus, acredito que este livro não parou na sua mão à toa. Você não precisa passar por todas as mazelas que a Jaqueline, a Grazi e a Ju passaram. Não precisa comer as "bolotas dos porcos" como o filho pródigo comeu (Lc 15.16) para só então reconhecer que tem andado por um caminho contrário à vontade do Pai.

Deus é tão misericordioso que nos dá a oportunidade de aprender com os erros dos outros. Ele colocou esse livro na sua mão para lhe dizer: "Olha, minha filha, você está indo pelo mesmo caminho que a Juliana passou. Não vá por aí! Escute! Eu tenho algo muito melhor para você!".

Eu espero, em Deus, que você ouça a voz dEle, reconheça que não está trilhando um caminho correto e volte para a estrada original. ("E se o meu povo, que se chama pelo meu nome, se humilhar, e orar, e buscar a minha face, e se converter dos seus maus caminhos, então, eu ouvirei dos céus, e perdoarei os seus pecados, e sararei a sua terra". 2 Cr 7.14)

A Ju, graças a Deus, teve a oportunidade de voltar. Muitos não têm. Afinal, a gente não sabe o que vai nos acontecer daqui a um minuto, quanto mais amanhã, não é mesmo? ("Vigiai, pois, porque não sabeis o Dia nem a hora em que o Filho do Homem há de vir". Mt 25.13)

Deus É mais Forte

Já ouvi meninas dizerem: "Mas ele é lindo! Eu gosto dele! Vou assumir o risco". De repente, até você mesma está pensando assim agora. "Não interessa o que você me diga, Eveline, vou ficar com ele contra tudo e contra todos". Ok, eu realmente não tenho o poder de sair das páginas desse livro e impedi-la de tomar uma atitude errada (bem que eu queria!). O que eu posso e estou fazendo é alertá-la dos riscos que você corre. Acho que já lhe contei histórias suficientes para convencê-la de que andar fora dos caminhos do Senhor é um tremendo erro. Só posso orar agora para que o Senhor a convença a mudar de ideia antes que seja tarde demais.

Mesmo que você ache que seu sentimento é muito forte e não vai conseguir esquecer o rapaz, creia que Deus é muito maior e mais poderoso para fazê-la esquecer essa paixão. Basta você pedir com fé ("Pedi, e dar-se-vos-á; buscai e encontrareis; batei, e abrir-se-vos-á", Mt 7.7), com o coração quebrantado ("... a um coração quebrantado e contrito não desprezarás, ó Deus", Sl 51.17b), entregar sua vida nas mãos dEle e seguir firme em seus caminhos que, no tempo certo (Ec 3), Ele a presenteará com o seu escolhido.

Foi assim comigo e, creio, será também com você. "Ora, àquele que é poderoso para fazer tudo muito mais abundantemente além daquilo que pedimos ou pensamos, segundo o poder que em nós opera, a esse glória na igreja, por Jesus Cristo, em todas as gerações, para todo o sempre. Amém!" (Ef 3.20).

Você leu, sentiu-se tocada e tomou uma decisão de romper esse relacionamento? Parabéns. Imagino como deve ter sido difícil, mas tenha certeza de que Deus honrará esse seu posicionamento. Ele está orgulhoso de você.

Mesmo assim, sei que não é fácil "da noite para o dia" livrar-se das marcas dessa relação. Afinal, quando o coração está partido dói. Eu sei. E é por isso que a convido a ler o próximo capítulo.

8

Corações Partidos

Quando a gente começa a gostar de alguém, parece que entra em outra órbita, não é mesmo? Com cada menina é de um jeito, mas normalmente tudo começa com o famoso olhar. Você o avista e o coração bate mais forte. Em seguida, começa a procurar informação sobre ele.

O rapaz, por sua vez, percebe o interesse e passa a corresponder. Pergunta a sua amiga sobre você, se tem namorado, onde estuda... essas coisas. Aí começa a troca de bilhetinhos (Ou seria e-mails? Ou scraps? Ai, meu Deus, como estou velha! É que na minha época eram as cartinhas, sabe?), os telefonemas, e, finalmente, chega o dia "D".

Na saída do culto, no final do ensaio, no shopping ou na lanchonete, chega a hora em que, olho no olho, ele a pede em namoro. Quanta emoção! Tremedeira nas pernas, gagueira e suadeira. Tudo junto. De uma vez só. Você esperou tanto por esse dia e, agora, não sabe como agir. Bem, saber você sabe, não é mesmo? Você diz "sim" e acha que é a menina mais feliz do universo. O clima de romance está no ar, corações rondam o casal.

Você vai embora para casa e não consegue pensar em outra coisa. Perde a fome, a vontade de assistir à televisão, e nem liga mais para as implicâncias de sua irmã mais nova. Tudo que vem a sua mente é... ele! "Ai como é lindo, fofo, maravilhoso, carinhoso.... (pode completar a lista com seus adjetivos)", é só o que pensa.

Os dias vão passando e as coisas começam a mudar. De repente, ele não a trata do mesmo jeito. Já não liga, nem a procura. Desiludida, apaixonada e desprezada você se sente cada vez pior. "Ai, queria tanto que ele fosse diferente, como era no começo". Um belo dia (ou melhor, belo para os outros, não é?) ele telefona e, curto e direto, diz: "Olha só, não vai dar para continuar, pois eu não gosto mais de você, tá?". Simples assim, ele fala aquelas palavras sem perceber que com elas a machucariam.

Seu mundo vem abaixo. "Mas nós tínhamos tantos planos juntos...", você pensa. A realidade, no entanto, é bem mais dura e grita para você: "Já era. Ele não quer mais namorar você".

Doeu, mas Vai Passar

É realmente um momento muito dolorido, e, algumas vezes, bastante sofrido também. A sensação é de que o coração está partido em milhares de pedaços, não é?

Mesmo que o namoro seja recente ou de anos, a hora em que o relacionamento chega ao fim, e a "tal" conversa acontece, o coração dói (é claro que o tempo de convivência, às vezes, faz essa dor ser ainda maior).

Há meninas que reagem de forma mais tranquila, sem se deixar abalar, e rapidamente partem para outro relacionamento, a fim de tentar esquecer o "ex", como se esse tipo de comportamento, tipicamente mundano, fosse resolver o problema.

Outras — ou melhor, a maioria — entram por uma fase de recolhimento, reflexão e tristeza. Muitas chegam a achar que o mundo acabou e que nunca mais irão gostar de alguém novamente.

Calma! Sei que esse processo todo é muito sofrido, mas posso lhe assegurar que passa. Por mais forte que seja a dor, Deus cura. Por mais dolorosa que seja a decepção, passa, sabia? Sei que é muito triste passar por um rompimento, ainda mais quando é motivado por uma traição, como foi o caso da minha amiga Adriana, que até hoje tenta entender o que deu errado.

Ela é uma menina linda! Daquelas que parecem ter saído de uma capa de revista: olhos verdes, loira, alta, magra, simpática, etc. Não foi difícil conquistar o coração de Pedro, também um "partidão": bonito, inteligente, trabalhador, etc. Namoraram por cerca de cinco anos e formavam o casal "perfeito".

Durante o período de namoro, eles terminaram algumas vezes. Mas Pedro sempre a procurava, e eles acabavam se reconciliando. Por fim, no ano passado, após um desses términos, Pedro procurou Adriana e a pediu em casamento.

Pedro, tu me Amas?

Ela amou a novidade, mas ressabiada, ponderou: "Pedro, tem certeza de que é isso que você quer para sua vida?". Ele insistia: "Sim. Não tenho nenhuma dúvida de que você é a mulher da minha vida". Adriana estava ficando até chata, pois não falava em outra coisa.

Quando o Pedro ligava, ela soltava a pergunta: "Pedro... Você sabe que casamento é para toda a vida... Tem certeza de que é isso que quer?".

Pedro parecia convicto. Pediu ao pai de Adriana a mão dela em casamento e começou a procurar apartamento para comprar.

Acharam o lar dos sonhos. Um apartamento charmoso, que ficou ainda mais lindo depois da reforma. Enquanto a obra seguia, compraram móveis e passaram a preparar o enxoval.

Nesse período, Pedro foi convocado pela empresa para fazer uma viagem internacional a trabalho. Sem problemas. Adriana achava que iria morrer de saudades, mas achou melhor se ocupar com os detalhes do casamento e da casa nova, enquanto o noivo viajava.

O problema é que, ainda durante o voo, ele conheceu uma colega da equipe e passou a se interessar pela moça. Resumo: "Ficou" com a garota durante todos os dias em que esteve fora, ignorando seu compromisso com a Adriana.

Na volta ao Brasil, mostrou-se estranho. Adriana, que esperava receber um noivo cheio de saudades, desconfiou e o chamou para uma conversa. Foi aí que ele abriu "o jogo" e disse: "Não dá mais, Adriana! Eu a traí na viagem! Isso significa que não a amo e, portanto, não quero me casar com você!".

Assim, curto e direto, como se estivesse dizendo: "Acho que vou tomar um refrigerante".

Sem Respostas

Imagine a "cara" da Adriana! Parecia que havia sido aberto um buraco embaixo de seus pés. Ela desabou a chorar. Queria avançar nele, bater... Mas sua dor era tão grande que não tinha forças para isso.

As perguntas vinham em sua mente e ela repassava para ele. "Por que você fez isso comigo? Quantas vezes perguntei se tinha certeza de seus sentimentos e respondeu que sim. Por quê? Por que me enganou? Por que me fez sonhar e agora destruiu meus sonhos? Você foi à minha casa pedir a minha mão para o meu pai! Tem noção de sua responsabilidade? ", falava.

Ele não tinha respostas. Sabia que estava errado. Imóvel, de cabeça baixa, escutava o desabafo da noiva. Depois da "conversa", ela foi embora deixando claro para ele o quanto estava machucada: "Nunca mais se aproxime de mim".

O relacionamento, de fato, acabou. Cada um foi para um lado, venderam o apartamento e os móveis. Logo em seguida, Pedro começou a se relacionar com outra pessoa, o que só fez aumentar o sofrimento da Adriana.

Ela, tão frustrada e decepcionada com o que viveu, ainda não se recuperou a ponto de querer desejar se relacionar com outra pessoa. Hoje, ela tem consciência de que foi um grande livramento de Deus para sua vida, pois com certeza sofreria se tivesse subido ao altar com ele. Mas as marcas ficaram. Só Deus e o tempo irão curar sua ferida.

É claro que se você observar atentamente a história, essa questão dos rompimentos frequentes era um sinal de alerta de que Pedro não estava tão certo de seus sentimentos em relação a Adriana. Ela, no entanto, não deu tanta importância a isso. Preferiu acreditar apenas nas palavras, e não nas atitudes ("Filhinhos, não amemos de palavra nem de boca, mas em ação e em verdade", 1 Jo 3.18). Um erro!

Vire a Página!

A pessoa magoada pelo término de um namoro, mesmo que tenha sido motivado por uma traição, como no caso da Adriana, tem todo o direito de se revoltar, chorar, se assim quiser, mas é importante que entenda que não pode se entregar a essa situação. Diz o trecho do livro *Esperança para o Coração Ferido* (p. 109):

> Seguir em frente, em meio ao luto, sofrimento e perda exige que a nossa fé e amor estejam em seu nível mais alto. Jesus marchou em frente, na batalha, cheio de amor e fé. Frustrando os desígnios de Diabo, que queria que a morte fosse a última palavra no campo de batalha em prol das almas humanas, Jesus vira o jogo. Ele transforma o seu sofrimento e morte no próprio meio de vida para todos aqueles que lhe entregam a vida. Em meio a nossa dor, mágoa e perdas, Jesus chega até nós (às vezes, acordando-nos!) com a ordem de irmos em frente, avançando com Ele pelas batalhas que ainda temos de enfrentar em um mundo afligido pela dor e sofrimento. Não seguimos sozinhos. Ele já passou por esse caminho antes de nós, e agora irá em frente conosco.

Que mensagem de esperança! Minha missão aqui é justamente essa. Primeiramente, alertá-la de que o sofrimento que está vivenciando hoje é passageiro. (Isso mesmo! Ou você acha que vai ficar a vida inteira chorando por ele?) E, em segundo lugar, ajudá-la a levantar a cabeça, enxugar as lágrimas e virar rapidinho a página dessa história. Posso?

Sei que para você isso não é muito claro agora, mas acredite em mim: Vai passar! Aproveite para olhar a novidade pelo lado bom (calma, não pense que sou insensível. Existe sim um outro lado da história). Quer saber como superar essa fase? Siga as dicas:

1) Atenção: Acabou!

Conscientize-se de que o relacionamento chegou ao fim. Vale chorar, ficar na cama, não querer sair, nem falar com ninguém. Só por um tempinho, hein? Nada de achar que a vida acabou, que não vai nunca mais namorar, nem que você é feia, horrorosa e ninguém a quer. Ops! Não se esqueça do alto preço que Jesus pagou por você na cruz e de quanto é, portanto, preciosa para Ele (Jo 3.16).

Se seu namorado chegou à conclusão de que não quer mais namorar você, paciência. Isso "SÓ" significa que o namoro acabou e pronto. O resto é invenção de sua cabeça.

2) Espalhe a notícia

Passado o momento de chôrôrô, levante-se e trate de espalhar a notícia. Vale Orkut, MSN, Twitter, etc. Assim você evita perguntas como: "E aí? Como vai fulano?" ou "E o casório? Sai quando?".

3) Você pode tudo

Calma. Nem tudo (1 Co 10.23). Aproveite agora para fazer as coisas que seu namorado achava chato, usar aquele perfume que ele não suportava, sair com aquela sua amiga que ele de-tes-ta-va ou, ainda, vestir os vestidos que ele não gostava (lógico que não estou falando de roupas curtas ou indecentes. Afinal, você é uma menina cristã, lembra? E independentemente de quem seja seu namorado, seu compromisso maior é com Deus). São apenas sugestões. Divirta-se!

4) Decrete abstinência de reencontros

Um conselho do livro *Quando Termina É porque Acabou* enfatiza para você ficar 60 dias sem falar com seu ex. Segundo os autores, este é o período necessário para a recuperação emocional. Sabe qual é o argumento deles? "Você não voltaria todos os dias para um emprego do qual tivesse sido demitida só para se sentir incompetente, voltaria?". Esse negócio de ficar amiga de ex-namorado demora tempo (quando acontece). Por isso, sossegue. Prefira fazer novas amizades do que investir na amizade com seu ex nesse momento. Boa dica!

E tem mais: nada de ficar querendo saber notícias do mocinho, hein? Nem pense em ficar "fuçando" Orkut, Facebook, twitter, etc. do "ex". Isso só ajudará a ficar relembrando sua história com ele e, consequentemente, fazendo com que sofra ainda mais. Vire a página!

5) Pense antes de atacar a geladeira

Ok, vocês terminaram, você está triste, se sentindo sozinha, com uma vontade de comer um... (Pode parar!). Nada de atacar a caixa de bombons com a desculpa de que está triste. Já imaginou encontrar com ele daqui a alguns dias ou meses e ele se espantar com o seu tamanho? Não, não mesmo! Prefira ir fazer uma caminhada, meditar na Palavra, brincar com seu cachorro ou conversar com uma amiga. Nada de chocolate! Ok, ok, só um pouquinho, tá bom?

6) Faça uma lista

Essa é boa. Faça uma lista das coisas que você detestava no seu ex-namorado. Vale tudo! As manias, o jeito que falava, as roupas... Com o passar do tempo, quando sua mente quiser lembrá-la só das coisas boas, dizendo que ele foi a melhor pessoa que você já conheceu, você puxa a listinha e lembra-se de como ele era na realidade. Risos.

7) Assunto encerrado

Ok, você já passou por todas as etapas. Já chorou, já falou para todo mundo, já atacou a caixa de bombons (Não! Você não fez isso, não é?), mas é chegada a hora de parar de se lamentar e ficar choramingando pelos cantos. Ninguém vai aguentar ficar muito tempo do seu lado se continuar a falar só sobre esse assunto. Lembre-se do que a Palavra ensina: "Ninguém põe remendo de pano novo em vestido velho [...] Nem se põe vinho novo em odres velhos [...] Mas põe-se vinho novo em odres novos, e ambos se conservam" (Mt 9.16,17, ARA). O que passou, passou! Deus tem novidade de vida para você!

8) Você vai superar

Eu sei que pode ter sido uma grande decepção em sua vida. De repente, você achava que aquele menino lindo seria seu futuro marido e estava já fazendo planos para isso. Ou, quem sabe, vocês já eram até noivos. E, agora, tudo acabou.

Mas antes de ficar achando que está tudo acabado (com perdão do trocadilho!), que perdeu sua única chance de ser feliz, lembre-se de que os planos de Deus nem sempre são iguais aos nossos. São melhores! Creia. "Porque eu bem sei os pensamentos que penso de vós, diz o Senhor; pensamentos de paz e não de mal, para vos dar o fim que esperais" (Jr 29.11). Ele tem alguém preparado para você! Confie, descanse e espere no Senhor (Sl 40). No tempo certo, o que há de vir virá e não tardará! Ops, já estou até escutando a marcha nupcial, que com a pessoa certa, ficará muito melhor.

Conversa Delicada

Agora, existe o outro lado da história, quando nós é que precisamos tomar a frente para acabar um namoro. Para algumas meninas essa situação é pior do que estar no outro lado. O medo de magoar o outro, a agonia de pensar em como vai falar... É tudo muito delicado.

Mas se você está certa de que essa decisão é a melhor para vocês, não "enrole" o namorado. Chame-o para uma conversa franca e ponha um ponto final na história, sendo sincera, sem "desculpas-padrão".

Agora, se ainda tem dúvidas, é melhor buscar orientação de Deus para não agir precipitadamente e acabar se machucando e magoando o outro. Em seguida, que tal ler essas dicas abaixo, com as razões que deve levar em conta na hora de sair desse relacionamento?

Quando Acabar?

♡ No primeiro momento em que perceber que por causa do relacionamento passou a deixar a obra de Deus em segundo plano (ou até mesmo não vai mais aos cultos, ensaios, Escola Dominical, etc.);

- Quando perceber que o namoro está indo por um caminho perigoso em relação a intimidades e carícias exageradas;
- Quando o menino se mostrar agressivo ou grosseiro;
- Quando o seu sentimento tiver mudado (espere primeiro para não ver se é uma crise passageira) e já não gostar dele na mesma intensidade;
- Quando ele se mostrar muito controlador, querendo ditar o que pode ou não fazer;
- Quando ele a "sugar", não lhe deixando tempo para fazer outras coisas, como sair com suas amigas, assistir a algum filme, passear com seus pais, etc.;
- Quando perceber que ele não tem mais interesse nas coisas de Deus;
- Quando ele passar a dar valor a outras coisas ou pessoas mais do que a você, exemplo: preferir sempre a companhia dos amigos do que a sua;
- Quando ele passar a dar motivos sérios para que desconfie de que a está traindo (é claro que primeiro você vai conversar para se certificar de que sua desconfiança tem fundamento);
- Quando perceber que ele não quer um relacionamento sério com você.

Como Fazer

Mesmo diante de todas essas opções e certas de que terminar é o melhor a ser feito, muitas meninas (e meninos!) "tremem" na hora "H". Como fazer? O que falar? É mesmo uma situação delicada. Por isso, reuni mais umas dicas para ajudar. Sei que não existe a "fórmula" perfeita para terminar um namoro, mas...

Faça isso pessoalmente

Nem pense em mandar torpedo, deixar scrap, telefonar ou escrever uma carta (!) comunicando o fim. Nunca faça isso (exceto se você namorar a distância e não tiver uma previsão de quando vai se encontrar com ele pessoalmente). Agir assim é desrespeitoso, feio e fere ainda mais a outra pessoa.

Escolha o melhor momento

Tente ao máximo não dizer "adeus" no dia do aniversário dele, no Natal, ou em outra data comemorativa. Vai ser ainda mais difícil para ele superar essa dor. Coloque-se no lugar dele e verá o quanto deve ser dolorido estar na maior "deprê" em um dia especial.

Não abra sua boca antes

Imagine a cena: Seu namorado chega na cantina da igreja e o assunto é o "término" do namoro de vocês. Que situação desagradável, não acha?! Por isso, boca fechada. Não conte nem para a sua amiga que vai terminar o relacionamento, antes de comunicar isso ao seu namorado. Vai que ela resolva comentar em casa...

Não enrole

Eu sei que a intenção é não machucar ainda mais o outro, mas também, ficar de "nhenhenhém" não vai ajudar. Explique por que deseja o fim, mas sem entrar nos mínimos detalhes.

Não use "desculpas-padrão"

Invariavelmente, entre as frases escolhidas, sempre sai: "Você merece alguém muito melhor do que eu", "O problema não é você, sou eu" ou ainda "Preciso de um tempo para pensar", como se isso ajudasse a aliviar a "culpa" de machucar alguém que a gente sabe que gosta de nós. Não invente! Fale a verdade!

Não revide

Se ele chorar ou ficar com raiva, é normal. Imagine-se na outra posição. Agora, se ele não aceitar o fim e partir para ataques como ofensas, vá embora, não dê mais atenção.

O importante é se encher de coragem e não fugir da situação, quando tiver certeza de que chegou o momento de acabar a história de vocês. Como fez Lucas. Ele é um adolescente, quer dizer, ele já é um jovem, pois tem 18 anos. Começou a namorar recentemente uma menina de outra igreja.

O relacionamento ia muito bem até que ele começou a perceber que a Paula era diferente. No domingo pela manhã, dava aula na Escola Dominical para as crianças, mas, na véspera, saía para boates, bebia, dançava e nem de longe se comportava como uma menina cristã.

Ele não a acompanhava nesses lugares, preferia ficar em casa, mas ficava triste. Além disso tudo, nos momentos em que estavam juntos, Paula gostava de se insinuar para ele, em um comportamento totalmente pecaminoso e fora dos padrões cristãos (tipo aquelas condutas citadas no capítulo *Provocar é pecar?*, lembra?).

Ciente de que esse relacionamento não estava agradando ao Senhor, mesmo gostando muito de Paula, Lucas decidiu terminar. Não foi fácil. Ele a procurou e foi bastante sincero: "Você tem se comportado muito mal, de uma forma muito errada para uma pessoa que se diz cristã. Venho a alertando, mas você não tem dado ouvidos. Na verdade, para mim, você é hipócrita. Um dia está ensinando a Palavra e no outro está na 'balada'. Definitivamente, você não é o tipo de menina que eu quero namorar". E, assim, cheio de temor a Deus, ele deu prova do seu amor ao Senhor.

Fiquei muito feliz quando soube. Muita gente olha o adolescente e pensa (julga) que ele não é capaz de tomar decisões como esta em amor a Deus. Mas o Lucas aprendeu desde cedo que, quando a gente decide servir ao Senhor, é preciso colocá-lo em primeiro lugar em nossas vidas (Mt 6.33). Muitas vezes temos que renunciar a algo de que gostamos (afinal, se fosse para renunciar o que não gostamos não seria um sacrifício, não é mesmo?) por zelo de nossa vida espiritual.

Perdoar É Preciso

Eu não sei que tipo de decepção, dor ou humilhação você sofreu. Mesmo que tenha sido uma traição das mais terríveis, independentemente de decidir continuar ou não o relacionamento, é necessário que perdoe seu namorado (ou ex-namorado, a essa altura).

O perdão é um princípio cristão que não está ligado necessariamente a uma nova chance. Ele é um pré-requisito importantíssimo para que tenhamos paz, consolo, alegria, etc.

Perdoar é sair no "prejuízo". É cancelar uma dívida que alguém tinha conosco. Foi assim que Deus fez. Ele pagou nossa dívida enviando seu único filho, Jesus, para morrer na cruz pelos nossos pecados (Jo 3.16).

Mas como perdoar? Seria esquecer? Diferentemente de Deus, nós não temos a capacidade de "deletar" da nossa memória todos os registros negativos. "Esqueçam o que se foi; não vivam no passado. Sou eu, eu mesmo, aquele que apaga suas transgressões, por amor de mim, e que não se lembra mais de seus pecados" (Is 43.18, 25, NVI).

Mas podemos, sim, parar de ficar relembrando e entristecendo-nos com o que aconteceu. Nós temos essa capacidade. É como se fosse uma cicatriz. No momento em que nos machucamos, a ferida dói. Mas, com o passar do tempo, a gente olha para aquele machucado e pode até se lembrar do "acidente", mas ele não dói mais.

Os Exemplos da Bíblia

A Palavra de Deus é recheada de histórias de homens e mulheres que exerceram essa capacidade de perdoar. José perdoou seus irmãos (Gn 45.5,7); Davi perdoou Absalão (2 Sm 14.33); Esaú perdoou Jacó (Gn 33), só para citar alguns exemplos bíblicos.

Não estou dizendo com isso que é fácil. Ninguém gosta de ser maltratado, traído ou humilhado. Nossa tendência natural é querer revidar, se vingar. Mas, quando temos o Senhor em nossas vidas, controlando nossos sentimentos e emoções, temos a consciência de que não podemos agir como juízes de nossas causas (1 Co 11.31,32). Ele sim, que conhece o profundo de todos os corações, sabe julgar de forma correta.

Se você decidiu perdoar, mas está tendo dificuldades, coloque essa causa nas mãos de Deus. Peça para que Ele a ajude a quebrar essa barreira. Esvazie seu coração de toda mágoa, tristeza e encha-se do Espírito Santo. Tenho certeza de que Ele a ajudará, independentemente do tamanho da dívida da outra pessoa. Não se esqueça de que a nossa dívida diante dEle era incomparavelmente maior e mesmo assim Ele nos perdoou.

> Por mais forte que
> seja a dor, Deus cura.
> Por mais dolorosa que
> seja a decepção,
> passa, sabia?

Pedir Perdão Também

Da mesma forma que reconhece a importância de perdoar, é necessário que faça a sua parte quando magoar o outro. Seja humilde. O perdão pode trazer benefícios para sua vida não só no campo espiritual, como físico e material.

Se você errou , traiu, magoou e até foi responsável por fazer seu namorado esfriar na fé, por causa de carícias excessivas, chegou a hora de se retratar. Primeiramente, peça perdão ao Senhor, mas não de forma aleatória. Tente lembrar exatamente o que acredita ter deixado o outro triste e conte para Deus. Em seguida, é hora de procurar seu "ex".

Não importa se o namoro já acabou ou ele está até com outra pessoa. Se o Espírito Santo a incomoda, procure-o e abra seu coração.

A Bíblia nos orienta claramente sobre esse assunto: "Portanto, se você estiver apresentando sua oferta diante do altar e ali se lembrar de que seu irmão tem algo contra você, deixe sua oferta ali, diante do altar, e vá primeiro reconciliar-se com seu irmão; depois volte e apresente sua oferta" (Mt 5.23,24, NVI).

Reconheça que se sente culpada e peça o perdão. Nem sempre, eu sei, essa conversa é possível. Seja porque o rapaz ainda está muito magoado, seja porque você perdeu o contato com ele. Não importa. Se perceber que não é prudente iniciar essa conversa, descanse no Senhor e peça a Ele que conceda uma oportunidade. Ele sabe de todas as coisas e da real intenção de seu coração (Sl 33.14,15). Mas não esqueça: Às vezes, um pedido de perdão é tudo que a outra pessoa quer ouvir de você.

Não tenho dúvidas de que Deus trabalhou em seu coração durante este capítulo. Espero que Ele tenha "juntado os pedaços" e reconstruído seu coração. Agora, com seus sentimentos e emoções em seus devidos lugares, chegou a hora de se apaixonar. Ops! Mas não estou falando de escolher um novo namorado... Que tal seguir na leitura?

9

Apaixonada por Você

Na preparação deste livro, mergulhei mais uma vez no universo das meninas lendo livros, revistas e pesquisando na internet. Certo dia, um capítulo do livro *Verdade Desplugada – História para Garotas sobre Fé, Amor e outras Coisas Importantes*, publicado pela CPAD, chamou minha atenção. Na verdade, mexeu com meu coração. O título dizia: "Baleia, Gordona e outras Frescuras".

Não sei por que, no mesmo momento, me veio à mente o cenário de uma escola, na hora do intervalo. Meninas e meninos para todos os lados, conversando, lanchando, se divertindo. De repente, uma menina gordinha resolve atravessar o pátio e vira "a" atração da escola. Todos apontam, zombam e riem dela.

A menina vai ficando vermelha, diminui os passos para não chamar ainda mais a atenção, vai para um canto e fica lá sozinha, controlando as lágrimas para não chorar na frente de todo mundo e assim dar aos outros mais um motivo para debocharem dela.

Triste, não acha? Infelizmente, isso é comum. Lembro quando estava na sétima ou oitava série e estudava em um colégio particular, tradicional, de Petrópolis. Tinha uma aluna, de outra turma, que também era evangélica. Ela usava um cabelo bem comprido, sempre estava de saia longa e não usava nenhum tipo de acessório ou maquiagem. Era muito tímida e sempre andava de cabeça baixa.

Até hoje meu coração se enche de compaixão quando lembro da cena: todo intervalo, quando ela passava, era a "sensação". As pessoas apontavam e riam dela. Dava uma vontade de gritar: "Parem com isso! Que coisa feia!". Mas eu não podia fazer muita coisa. Eram dezenas de alunos falando tão alto, que precisaria de um microfone se quisesse ser ouvida.

Tentei me aproximar dela, a fim de até protegê-la, dizendo que não ligasse para aquelas pessoas "bobonas", mas ela me evitava também.

Palavras que Marcam

Era tão dolorida aquela situação, sabe? Tempos depois, quando nem estudava mais naquele colégio, encontrei aquela menina em um culto. Suas feições estavam diferentes. Ela sorria, não olhava mais para baixo. Sua autoestima estava em alta. Parecia confiante em si. Pude ver o quanto era bonita! E fiquei tão feliz em perceber que ela não tinha se deixado abalar por tudo que enfrentara no período do colégio.

Infelizmente, nem todas as meninas conseguem. As marcas de palavras que ouviram na infância e adolescência são levadas com elas para o resto da vida. E o pior é que muitas vezes essas palavras saem da boca de quem a gente mais ama. É o caso da filha que vive ouvindo da mãe: "Você é horrorosa!", "Ninguém merece esse cabelo seu", ou ouvindo do pai, que não se cansa de declarar para todo mundo: "Você é muito burra!". Ou, como no caso que citei, dos "amigos" de escola: "Você é uma extraterrestre!".

A coordenadora do Departamento de Psicologia do Instituto Sedes Sapientiae (SP), diz: "A tendência é que as marcas do passado — e as ideias a respeito de si e do mundo — tornem-se 'verdades' para o resto da vida".

Ela disse bem. A "tendência" é que isso aconteça, pois nós sabemos que a história não acaba aqui, não é mesmo? Sabemos que a despeito do que o mundo pense sobre nós, existe alguém que nos criou e, acima de tudo, nos ama, com todas as características que temos: cor dos olhos, cabelo, altura, peso, etc.

Ok, você pode estar pensando: "É fácil para ela escrever isso. Ela não sabe o que é ser ridicularizada!". Você que pensa. Já vivi isso na pele sim. Mas acredito que a diferença está na forma como reagimos a essas situações. Eu sei, eu sei... Ficou curiosa para saber minha história, não é? Vou contar.

Meu Par de Sapatos

Uma vez, juntei um dinheirinho e, com dificuldade, consegui comprar um par de sapatos que "eu" achava lindo, em uma loja de "marca" na minha cidade (mais ou menos "de marca", vale destacar. Para mim, que não tinha muitos recursos na época, aquela era "a" grife! Risos!).

Ele era um tamanco, mas tinha umas tiras que amarravam no tornozelo e subiam até o meio da perna. Algumas pessoas preferiam amarrar aquelas tiras em volta do próprio sapato, para ficar mais discreto. Eu não. Achava o máximo justamente aquelas tiras subindo pelas pernas. Risos!

Pois bem. Esperei uma ocasião especial na escola e coloquei o tal sapato. Estava me sentindo a garota mais *fashion* da turma (da turma não! Da escola inteira!).

Na hora do intervalo, quando estava terminando de descer as escadas, junto com dezenas de alunos, avistei duas das meninas mais famosas da escola. Elas me olharam com uma "cara" esquisita e fiquei sem ação. Quando "bateram" o olho nos meus sapatos, apontaram para eles e começaram a dar "altas" gargalhadas! "Que sapato é esse?!", diziam, debochando. T-O-D-O M-U-N-D-O olhou para mim (e para os meus sapatos, é claro!) e começou a rir também.

Imagina como eu fiquei! Fui murchando, parando de rir e abaixando a cabeça. Senti meu rosto ficar vermelho e um aperto forte na garganta. Minha vontade era sair correndo para o banheiro e desabar a chorar.

Não sei como consegui me controlar. Minhas amigas tentavam me consolar: "Liga não. Eles não são feios. Elas é que são ridículas!". Não adiantava. Minha vontade era sumir com aqueles sapatos e voltar para casa descalça.

Na volta do intervalo, não conseguia me concentrar em nada. Só pensava: "Meus Deus! Tenho que sair antes delas, porque se não vou passar por aquilo tudo de novo na hora da saída!".

Eu, sinceramente, não lembro se chorei mais tarde sobre esse assunto, mas lembro muito bem como doeu ver toda a escola rindo de mim. Fiquei com vergonha, me sentindo a pior pessoa do mundo.

Você É Especial

Mas graças a Deus que servimos a um Pai amoroso, que nos afaga, nos coloca no colo nos momentos mais difíceis. Lembro de ter falado sobre esse assunto com Deus, de como tinha me sentido mal com aquela situação. Recorri a Ele para que tirasse aquele sentimento de meu coração. E Ele foi me confortando e me mostrando como sou especial para Ele.

Na Bíblia, encontrei trechos que se encaixavam perfeitamente naquele momento que vivia, como Salmos 139.13: "Tu criaste o íntimo do meu ser e me teceste no ventre de minha mãe. Eu te louvo porque me fizeste de modo especial e admirável" (NVI).

Fiquei pensando em Deus com seu projeto "Eveline" nas mãos. "Pois bem, vejamos, acho interessante que ela tenha pele clara, cabelos loiros (ok, eu sei que depois eles escureceram), olhos castanhos, peso... (não vou colocar aqui, não é gente? Risos), etc.". Ah, tem mais: "Vou colocá-la nessa família, que já me serve, onde terá dois irmãos mais velhos e muitos primos".

Já imaginou quanto carinho?! Todas as suas características sendo moldadas por Deus? Pois foi assim também com você, querida leitora. Mesmo que não tenha sido "planejada" por seus pais, você sempre esteve nos planos de Deus (Jr 1.5), não foi um acaso do destino.

Depois daquele episódio no colégio, deixei os sapatos bem guardados, nem queria vê-los na minha frente. Alguns dias se passaram, no entanto, e comecei a refletir melhor sobre aquilo tudo. "Mas eu gosto deles. Acho-os tão bonitos. Nunca mais vou usá-los só porque aquelas meninas não pensam da mesma forma?", perguntava a mim mesma.

Fiel a Deus (e a si Própria)

Comecei a questionar até que ponto deveria levar a sério a opinião das pessoas, o que elas achavam ou pensavam sobre mim. Decidi que deveria me importar, antes de mais nada, acerca do que Deus pensava ao meu respeito.

O que Ele pensa sobre mim realmente faz toda a diferença em minha vida (Jr 29.11). Agora, roupas, sapatos, cabelo, estilo de música, comida, perfume, etc. são opções pessoais, escolhas que cada um faz para si. Eu posso até não gostar de bota branca, por exemplo, mas preciso respeitar o outro que gosta.

É assim que Deus nos ensina. Até em relação a nossa salvação! Ele não quer que pequemos, erremos e saiamos do centro de sua vontade, mas respeita a nossa vontade por meio do livre-arbítrio ("Eis que estou à porta e bato. Se alguém ouvir a minha voz e abrir a porta, entrarei e cearei com ele, e ele comigo", Ap 3.20, NVI, grifo meu).

Decidi ser fiel a mim, às minhas características e às minhas escolhas. Pensei: "Por que não posso ser diferente? Por que não posso gostar daqueles sapatos? Só porque elas acharam feios?".

Influência ou Influenciada?

Servir a Deus, por exemplo, é ser diferente. E é aí que o Inimigo se aproveita dessa importância toda que o adolescente dá ao que o grupo dele pensa para, a todo momento, desafiá-lo por intermédio dos "colegas".

O objetivo é fazê-la ceder, pecar e se afastar dos caminhos do Senhor (1 Pe 5.8). E, para conseguir isso, ele usa meninas e meninos a fim de provocar e debochar de sua fé, de seu compromisso com Deus.

Quem nunca ouviu frases como: "Você nunca beijou na boca? Sua BV!", ou "Você ainda é virgem? Fala sério!", "Ah, não acredito! Você não vai a baladas?! Em que século você vive?", "Você não fica?! Mentira?!", ou como a minha amiga Laura (contei a história dela no capítulo *Provocar é pecar?*, lembra?), que ouviu: "Você não vive, vegeta"?.

Não é fácil, ainda mais quando o grupo todo nos olha como se fôssemos "anormais". Eu sei. Mas você precisa resistir (Tg 4.7; Hb 2.1). Não caia nessa cilada. Não se esqueça de que é o Diabo quem está por trás dessas palavras e a intenção dele é fazer com que você ceda à pressão.

Fique atenta a essa "jogada" do Inimigo e esteja preparada quando vierem essas afrontas (Ef 6.11). A firmeza de conhecer o Deus que você serve e por que resolveu segui-lo fará toda a diferença para não sucumbir diante de todos ("Portanto, amados, sabendo disso, guardem-se para que não sejam levados pelo erro dos que não têm princípios morais, nem percam a sua firmeza e caiam. Cresçam, porém, na graça e no conhecimento de nosso Senhor e Salvador Jesus Cristo. A ele seja a glória, agora e para sempre! Amém", 2 Pe 3.17,18, NVI).

Humilhação? Você não Sabe o que É isso!

Nesses momentos, não só neles, lembre-se de Jesus, no caminho do Calvário, sendo humilhado, xingado, chicoteado, por amor a você. Até cuspidas na cara Ele suportou, sabia? Você não acha que Ele ficou envergonhado e triste? Quer humilhação maior do que esta?

Historiadores afirmam que a morte na cruz era a mais humilhante e tenebrosa de todas as condenações da época. Só a escória dos criminosos recebia tal sentença. Mas Ele pensou mais em agradar ao Pai, trazendo a salvação até você!

Por isso, querida, aprenda a não dar tanta importância ao que o mundo pensa a seu respeito. Concentre-se no que realmente importa. Melhor é estar "bem na fita" com Deus do que de bem com o mundo ("Acaso busco eu agora a aprovação dos homens ou a de Deus? Ou estou tentando agradar a homens? Se eu ainda estivesse procurando agradar a homens, não seria servo de Cristo", Gl 1.10, NVI). Leia também 1 Ts 2.4; Ef 6.6; Tg 4.4.

Para finalizar minha história... Dias seguintes, minha igreja entrou em um período de festas. Não lembro se era congresso de jovens ou das mulheres. Era a data ideal. Escolhi uma roupa bem legal, retirei o "tal" sapato do armário e fui.

Dessa vez, confiante e segura, sem me preocupar com as críticas, recebi até elogios! Tudo bem! Tenho que confessar! Um dia desses, olhando uma foto que tirei nesse dia da festa, tive que concordar que o sapato era "medonho". Risos. Mas na época eu não achava. Isso que importa.

Que Padrão É esse?!

Nem sempre as piadinhas e deboche são por causa de um par de sapatos. Muitas meninas sofrem por não se encaixarem no "padrão de beleza" que a sociedade atual elegeu. A cobrança para que elas tenham o cabelo da moda, a roupa da vitrine e o corpo das atrizes faz com que passem a não se aceitarem como são.

Esse "padrão de beleza" praticamente inatingível tem feito muitas meninas sofrerem. Afinal, a mídia prega exatamente que você só pode ser feliz se tiver um corpo escultural e for linda como uma modelo de capa de revista.

Você se lembra que no meu primeiro livro falei sobre casos de meninas que, em busca de um corpo "perfeito", começam a fazer atrocidades contra a si mesmas? Algumas seguem dietas absurdas, passam para remédios fortíssimos e acabam desenvolvendo distúrbios alimentares graves como a anorexia, a bulimia, que podem levar — e tem levado — muitas até a morte.

É difícil não se deixar influenciar por toda essa campanha, eu sei. Afinal, se você liga a televisão, essa mensagem é pregada. (Já viu alguma protagonista de novela gordinha? Por que será?) Se compra uma revista, vem recheada de dietas para emagrecimento ou fotos de celebridades exibindo seus corpos esculturais. Se sai na rua, os *outdoors* "gritam": "Olha aqui o corpo ideal" e por aí vai.

Mas é preciso que eu a lembre de uma coisa. A nossa concepção de corpo, beleza e felicidade precisa ser diferente da do mundo. Para a sociedade, o corpo nada mais é do que um instrumento de sedução, a fim de despertar a cobiça. Para nós, ele é o templo do Espírito Santo (1 Co 6.19).

A sociedade diz que a beleza é fundamental; a Bíblia, que ela é enganosa e passageira (Pv 31.30). O mundo prega que a felicidade está em ter bens, riqueza. Já nosso manual, a Palavra, ensina que a nossa riqueza não está nos "tesouros" desta terra (Mt 6.19,20). Pelo contrário, diz que a busca por riqueza e o anseio por outras coisas nos tornam infrutíferos (Mc 4.19).

Portanto, leitora amada, não entre nessa de seguir conceitos mundanos. "E não vos conformeis com este mundo, mas transformai-vos pela renovação do vosso entendimento, para que experimenteis qual seja a boa, agradável e perfeita vontade de Deus" (Rm 12. 2). Não é isso que Deus quer para você, nem foi para isso que Ele sofreu lá na cruz.

Obra-Prima

Se o mundo diz que você não serve, por ser uma cristã, a despreza e zomba por ter optado por seguir os ensinamentos de Cristo, alegre-se, tenho uma palavra para você: "Deus escolheu o que para o mundo é loucura para envergonhar os *sábios*, e escolheu o que para o mundo é fraqueza para envergonhar o que é *forte*. Ele escolheu o que para o mundo é insignificante, desprezado e o que nada é, para reduzir a nada o que é" (1 Co 1.27-29, NVI, grifo meu).

Se o mundo tenta lhe dizer que é feia porque não tem o corpo de modelo, não acredite, não dê importância. Claro que é sempre bom a gente se cuidar, zelar pelo nosso corpo, controlar o peso e cuidar de nossa aparência, mas tudo com equilíbrio.

Existem duas maneiras de nos cuidarmos. Quando fazemos isso porque nos gostamos, é saudável. Porém, quando fazemos isso para que os outros, e nós mesmos, passemos a gostar de nós, isso é danoso.

Lembre-se de que, a despeito do que o mundo ache ao seu respeito, para Deus, você é uma obra-prima, linda, especial. Não deixe que ninguém diga o contrário. Ele planejou cada parte de você com amor e carinho, e a fez à imagem e semelhança dEle. Quero cantar para você uma música da Ana Paula Valadão. "Escute":

Aos olhos do Pai
Você é uma obra-prima
Que Ele planejou
Com suas próprias mãos pintou
A cor de sua pele
Os seus cabelos desenhou
Cada detalhe
Num toque de amor

Você é linda demais
Perfeita aos olhos do Pai
Alguém igual a você não vi jamais
Princesa linda demais
Perfeita aos olhos do Pai
Alguém igual a você não vi jamais

Nunca deixe alguém dizer
Que não é querida
Antes de você nascer
Deus sonhou com você!

Mesmo que não tenha sido "planejada" por seus pais, você sempre esteve nos planos de Deus (Jr 1.5), não foi um acaso do destino.

Ame-se primeiro!

Para terminar essa nossa conversa com "chave de ouro", queria compartilhar o trecho do livro que citei lá no começo deste capítulo. Fala que um grupo de jovens estava reunido, quando o pastor iniciou a pregação.

"Como é do conhecimento de todos, hoje continuaria o nosso estudo sobre Moisés. Mas, quando orava pelo culto, o Senhor me levou para outra direção. Abram a Bíblia em Gênesis 1.27. Agora, quero perguntar uma coisa a vocês." Ele aguardou até que todos abrissem a Bíblia na passagem indicada, e depois continuou: "Nós todos sabemos que não devemos dizer coisas rudes às outras pessoas, certo?" Todos assentiram em uníssono e alguns "sim" foram ouvidos enquanto o pastor esperava a resposta. "Então por que achamos que é certo quando dizemos coisas desagradáveis a nós mesmos?"

Todos se puseram a se perguntar o que ele queria dizer.

"Quantos de vocês — e não levantem a mão, porque todos fizemos isso numa hora ou noutra — se olham no espelho e pensam que são feios, burros ou idiotas ou fisicamente fracos? Ou quantos de vocês de fato já pensaram: *Eu sou mesmo um perdedor?*"

Ele esperou para que suas palavras penetrassem e depois continuou:

"Se disséssemos essas coisas a respeito de outra pessoa, todos concordaríamos que estaríamos por fora. Mas sabem de uma coisa? Ao pensar ou dizer essas coisas a respeito de nós mesmos, a respeito de alguém que Deus criou, também estamos por fora. Você foi criado por Deus. E é certo o ditado que diz: 'Ele não faz lixo'".

Como me tocou esse trecho. Você já agiu assim? Porque eu sim. Meu Deus! Quantas vezes disse coisas terríveis sobre mim a mim mesma. E achava que não estava fazendo nada de errado, afinal, não estava ofendendo "ninguém". Como assim, "ninguém"?

E Deus, nosso Criador? Como será que fica diante dessas ofensas? Pedi perdão a Ele pelas vezes em que agi assim e, com isso, o entristeci.

Não tenho dúvidas de que este capítulo não "caiu" em suas mãos à toa. Enquanto escrevia, Deus falou comigo. Ele quer que você perceba e se conscientize de quão importante você é para Ele.

O desejo do Pai é que você se ame, se valorize e aceite-se como é, com seus "defeitos" e qualidades. Por isso, cuide com carinho de seu corpo, imagem e emoções. Autoestima e amor próprio não significam narcisismo ou egoísmo. Tem a ver com zelo e aceitação.

Tem a ver até com obediência a Deus, sabia? Isso mesmo. Porque quando o Senhor nos ordena: "Amarás o teu próximo como a ti mesmo", Ele já diz que você deve se amar. E só então conseguirá amar o outro na mesma intensidade.

Quem não aprendeu a amar a si mesma tem dificuldade de amar e aceitar o amor do outro. Isso prejudica ambas as partes em um relacionamento. Por isso, antes de pensar em encontrar ou viver feliz para sempre ao lado de seu príncipe abençoado, aprenda a viver bem consigo mesma, enxergando-se primeiro como a princesa do Senhor, menina dos olhos de Deus.

Só assim, ciente de que admirar-se é tão importante quanto ser admirada, você estará pronta, preparada, para viver sua linda história de amor. É o que Deus deseja para você (e eu também!).

10

Ele É para Casar?

Quando era adolescente, lembro-me de ter escrito em um papel as características do esposo que gostaria de ter. "Bonito, alto, moreno" eram algumas. Acho que devia ter algo como "rico" também na lista. Com o tempo, no entanto, essas características foram sendo incrementadas e modificadas. "Trabalhador, responsável e, principalmente, servo fiel a Deus" passaram ao topo da lista. Acho que "rico" deve ter ficado lá para o final.

Sinceramente, eu não imaginava que Deus fosse dar importância a essa lista, pelo menos, não escrevi com essa certeza. Mas vou revelar um segredo: Ele deu! Meu maravilhoso esposo tem praticamente todas as características que escrevi naquele papel (pelo menos das que lembro). Ok, rico ele não era, nem é, mas aí entra a parte de Deus que sabia que seria melhor assim, não é mesmo? Não seria feliz no casamento se tivesse um marido que valorizasse mais os bens do que as pessoas. E Deus, conhecendo-me melhor do que eu mesma, fez o que era perfeito! Como Deus é bom!

Na verdade, a Bíblia diz que o Senhor se interessa em saber quais são nossos desejos e a nossa vontade, e quer, na medida do possível, realizar nossos sonhos. Lembra do que está escrito em Salmos 37.4? Eu ajudo: "Deleita-te também no Senhor, e ele te concederá o que deseja o teu coração".

Mas precisamos fazer a nossa parte. Não adianta escrever a lista e viver em função dela, como se estivesse em busca daquele ser descrito no papel. Enquanto espera pelo prometido do Senhor, siga dedicando seu tempo a obra de Deus, estudando, ajudando seus pais, trabalhando, etc.

"Deleitar", segundo o *Aurélio*, significa "agradar, causar prazer a, deliciar". Ou seja, voltando para o texto bíblico, enquanto você agrada a Deus, Ele está trabalhando em seu favor para conceder o que deseja seu coração. E, no caso de muitas meninas, o sonho maior é o casamento.

E, por falar em casamento, sabia que ele está na moda? É verdade! Dados divulgados pelo IBGE em 2009 mostram que o total de casamentos legais aumentou 4,5% entre 2007 e 2008, atingindo o maior nível desde 1995.

Você já deve ter notado esse crescimento entre seus amigos, não? Eu conheço muitos que acabaram de se casar ou estão com a data marcada para os próximos meses. Todo esse clima de preparação, escolha do vestido, convites, festa, lua de mel, etc. é muito gostoso e inesquecível. Vou até parar por aqui, pois esse assunto rende. Dá até um livro. (Opa! Que ideia boa! Vou escrever! Risos.) Quem já passou por essa fase sabe como é gostosa. No entanto, para chegar até ao altar é preciso trilhar um longo caminho e estar muito certa da escolha.

Se você está prestes a tomar a decisão de se casar, não deixe de ler este capítulo (ou melhor, continue a ler, já que chegou até aqui). Ele foi feito para você! Reuni algumas dicas e conselhos que acho muito importantes de serem observados antes da chegada no altar. Meu desejo é que tudo que escrevi aqui possa ajudá-la a tomar uma das decisões mais importantes de sua vida e que, indiretamente (ou diretamente), possa colaborar para que seu casamento seja uma bênção, assim como é o meu. Ah, e não se esqueça de me mandar o convite, ok?

Entrevista de Casamento

O primeiro passo, fundamental para uma escolha acertada, é a comunicação. Alguém já disse que "a chave para um casamento feliz é manter os olhos bem abertos antes de casar e quase fechados depois". Guardadas as devidas proporções, esse é um bom conselho. Entenda por "olhos bem abertos" saber tudo o que puder sobre seu noivo, e, para isso, é preciso que converse bastante com ele e pergunte tudo que julgar importante, para poder tirar todas as dúvidas possíveis.

Depois de casada, bem, aí devemos praticar a parte do "olhos quase fechados", que significa ser mais tolerante e compreensiva com os defeitos e hábitos do nosso cônjuge. Afinal, não dá para mudar uma pessoa só porque ela lhe disse "sim" diante do pastor. Do casamento para frente, querida, você vai ter que aprender a conviver com todos os defeitos do seu amor.

Por isso, não se acanhe. Quando a gente vai comprar alguma coisa importante e cara, como um computador, um celular de última geração ou um carro, não nos privamos de fazer todas as perguntas ao vendedor, não é mesmo? Onde liga, onde desliga, para que serve essa luz e aquele botão? Por que, então, quando se trata de casamento, que é uma decisão muito mais séria e duradora, muitas meninas "esquecem" de fazer perguntas cruciais? Não aja assim. Procure estar muito certa de com quem está se casando fazendo perguntas das mais básicas às mais complexas. Seguem algumas sugestões:

As mais básicas:

- Onde iremos morar depois de casados?
- Onde comemoraremos o Natal e o Ano Novo?
- Você pensa em ter filhos?
- Quantos?
- Tem preferência? Se sim, o que fará caso não venha o filho desejado?
- Tem paciência com crianças?
- Quanto tempo acha necessário esperar até a chegada do primeiro filho? E o do segundo?
- Está disposto a me ajudar desde a troca de fraldas ao banho nos filhos?
- Acha importante sairmos sozinhos, sem o bebê?
- Acha importante que eu trabalhe fora?
- Como administra seu dinheiro?
- Acha importante economizar?

- Quem irá administrar o dinheiro?
- Quem fará as compras?
- Até que ponto vai permitir a influência da família no relacionamento?

As mais complexas:

- Você já sofreu algum abuso sexual?
- Já teve alguma tendência ou experiência homossexual?
- Já teve alguma experiência sexual?
- Seus pais já sofreram algum abuso ou já se agrediram? Se sim, o que pensa sobre isso?
- Já fez exames para saber se tem alguma doença sexualmente transmissível?
- Sabe se tem algum problema de impotência e/ou esterilidade?
- Já sabe qual é o chamado de Deus para sua vida?

Você pode acrescentar na lista dezenas de outras perguntas. Não recue, mas também não vá fazer desse momento um tremendo interrogatório, ok? Tenho certeza de que muitas dessas questões já deverão ter sido discutidas por vocês ao longo do namoro. Então, tire suas dúvidas em relação às outras de forma natural, espontânea. Faça com que seu noivo fique à vontade para tocar em assuntos que julgue extremamente delicados. Lembre-se: você está se preparando para dar o passo mais importante da sua vida e precisa estar muito certa de que está fazendo a melhor escolha. Você dormirá com aquela pessoa e dividirá sonhos, planos, dívidas e muitas outras coisas daqui para a frente. Por isso, precisa saber TUDO sobre seu pretendente a futuro esposo.

Profetas-Cupidos

Muitas pessoas, infelizmente, nem se dão ao trabalho de conhecer melhor seu futuro cônjuge, pois optam por tomar sua decisão com base em profecias casamenteiras. Delegam para outros a sua responsabilidade de escolher com quem vai dividir a vida, as contas e também a criação dos filhos.

No final, se o casamento não dá certo, jogam a culpa em Deus. Esquecem-se de que, quando disseram "sim", não procuraram saber qual era a vontade dEle. Deixaram-se guiar por "gurus" e agora querem que Deus seja o responsável por seus erros. Não, não. Para evitar esses erros, não se deixe levar por profecias de casamento. Existem sinais evidentes e simples para que você identifique se seu pretendente é, de fato, "o marido ideal", aquele que Deus preparou para você.

E, para que fique bem claro, é importante que você saiba qual a finalidade da profecia (edificação, exortação e consolação, conforme 1 Co 14.3). Por isso, fique esperta! Se algum "profeta" ou "profetisa" entregou alguma mensagem de Deus para você em relação a namoro, continue orando e peça ao Senhor confirmação daquela palavra. Não é pecado pensar assim. Pelo contrário. A Bíblia nos orienta a analisar o que ouvirmos para ver se o teor está de acordo com o que a Palavra diz: "Não desprezeis as profecias; julgai todas as coisas, retende o que é bom" (1 Ts 5.20,21, ARA. Leia também 1 Co 14.29). Se Deus falou com o profeta, com certeza, falará com você, que é a mais interessada na história, não acha?

É claro que, mesmo observando todas as questões, não significa que ganhou o "passaporte para a felicidade". Muitas vezes, existem decepções e frustrações no pós-casamento, mas a probabilidade de isso acontecer diminuirá muito se, além de observar as características adiante, você estiver certa de que está no centro da vontade de Deus. Aí, minha querida, não tenha dúvida de que Ele os ajudará a estar sempre juntos, unidos, "na saúde ou na doença, na tristeza ou na alegria, na riqueza ou na pobreza, até que a morte os separe".

Oh, Dúvida Cruel!

Mesmo que você esteja namorando há anos ou já esteja até noiva, tenha orado e obtido a confirmação de Deus, tenha o apoio da família e a data já tenha sido agendada, não é incomum existir momentos em que se pergunte se seu namorado ou noivo é mesmo "o homem da sua vida". Não se desespere se isso acontecer com você, nem ache que não ama mais seu noivo por pensar assim. Todas as minhas amigas já passaram por isso. Ter um certo receio e até dúvidas é normal e, diria, até saudável, pois mostra que você tem consciência da grande responsabilidade que é se unir a alguém em matrimônio.

É claro que se é essa dúvida for permanente, ou se seu coração não tiver paz, ligue o alerta. Ore e consagre-se mais até que obtenha a resposta por parte de Deus.

O que posso fazer para ajudá-la é dar-lhe uma série de dicas para que possa observar se seu namorado/noivo é um pretendente a "marido ideal". De repente, após lê-las, você chegará à conclusão de que ele é sim a bênção de Deus para a sua vida e volte a obter paz em seu coração. Agora, se isso não acontecer, você sabe muito bem o que tem que ser feito, não é mesmo? Jamais diga "sim" sem ter a certeza de que está debaixo da vontade de Deus.

Checklist do "Marido Ideal"

1) Antes de mais nada, é preciso se certificar de que seu namorado, pretendente a marido, tem compromisso com Deus. E nessa avaliação você tem que ser extremamente exigente. Não basta ele ir à igreja, gostar de ler a Bíblia, cantar e pregar. Ele realmente se comporta como um servo de Deus? Demonstra o fruto do Espírito, conforme está escrito em Galátas 5?

2) Ele respeita sua família? Cumpre as orientações e regras? Trata bem seus pais e familiares?

3) E a família dele? Como ele trata a mãe? Com carinho, respeito e admiração? Ou com grosseria? Não adianta você fingir que ele só trata mal a mãe porque ela "dá" motivo. Não existe isso. Filho deve honrar e respeitar os pais em T-O-D-A-S as situações. "Honra a teu pai e a tua mãe, para que se prolonguem os teus dias na terra que o Senhor, teu Deus, te dá" (Êx 20.12). Além do mais, se ele trata mal a mãe, você acha mesmo que com você vai ser diferente depois de algum tempo de casada? Ah, tá, vai sonhando.

4) Ele é responsável? Trabalhador? Estudioso? Esforçado? A Bíblia é clara: "A alma do preguiçoso deseja e coisa nenhuma alcança, mas a alma dos diligentes engorda" (Pv 13.4). Se ele vive inventando desculpas para não procurar emprego, ou não quer saber nada com os estudos, dê um ponto final nessa história.

5) Ele é carinhoso, atencioso e respeitoso com você sempre? Pois se hoje, que vocês só são namorados, ele deixa a desejar nesses quesitos, não tenha dúvida de

que com a intimidade e o passar dos anos a situação só tenderá a piorar. Você vai querer viver a vida inteira com um homem grosseiro ao seu lado? Então, vigie!

6) Ele é ciumento, opressor, controlador e a proíbe de sair com suas amigas ou fazer outras atividades de que sempre gostou? Cuidado com isso. São sinais evidentes de que no casamento a situação irá se complicar. Muitos rapazes que agem assim com suas namoradas tornam-se violentos e, em alguns casos, quando se casam, passam a agredir suas esposas. Fique atenta a qualquer sinal de agressividade ou senso de propriedade que ele possa demonstrar em relação a você. Não permita que ele domine a sua vida. Qualquer dúvida em relação ao comportamento dele, converse com seus pais, que são pessoas mais experientes e saberão orientá-la a respeito disso. Se achar melhor outra opção, procure o pastor ou uma irmã que tenha alguma responsabilidade na igreja e seja discreta. Ore para que o Senhor fale ao seu coração.

Não confunda os sentimentos. Há meninas que "se acham" porque o namorado dita como vão se vestir, controla seus horários e com quem podem ou não falar. Não, não e não. O fato de seu namorado querer mandar em sua vida não significa demonstração de amor, carinho e cuidado. Pelo contrário, quem ama de verdade não é autoritário, nem possessivo ("O amor é paciente, o amor é bondoso. Não inveja, não se vangloria, não se orgulha. Não maltrata, não procura seus interesses, não se ira facilmente, não guarda rancor", 1 Co 13.4,5, NVI).

É normal sim ele querer saber de suas amizades, de sua rotina, ter interesse por sua vida e até (por que não?) opinar em algumas áreas, mas daí a querer determinar o que você pode ou não fazer é uma distância muito grande. Não se deixe enganar. Cuidado, zelo e amor são uma coisa. Controle, opressão e autoritarismo são outra, totalmente diferente.

7) Vocês já se conhecem há um bom tempo? Já sabem os principais defeitos um do outro? Eu sou suspeita, pois namorei cinco anos e meio até o casamento e achei muito bom esse período. Aprendi muitas manias do Alessandro (e ele as minhas), o conheci bem-humorado, de mau-humor, chateado, estressado, alegre, preocupado, etc. Passamos por inúmeras situações juntos e isso ajudou a não termos (muitas) surpresas no casamento. Eu, Eveline, acho arriscado uma pessoa namorar, noivar e casar em seis meses, por exemplo. Pode dar certo? Sim. Conheço alguns casos. Agora, a chance de dar errado ou o casal enfrentar muitas

dificuldades de relacionamento e adaptação é muito maior. Por isso, pelo sim, pelo não, já diz o ditado que "o tempo é o senhor da razão". E a própria Bíblia ensina em Provérbios 19.2: "Não é bom proceder sem refletir, e peca quem é precipitado" (ARA). Então, não se apresse. Dê tempo ao tempo, conheça bem seu namorado antes de tomar a decisão tão importante de subir ao altar.

8) Por fim, o mais importante: ore ao Senhor e faça provas com Ele. A maior confirmação vem da paz em nosso coração. Como disse no início, é normal sentir algumas dúvidas em relação ao escolhido, afinal, é muito forte a expressão "por toda a vida". Sentimos esse peso até na escolha da profissão, quando vamos fazer vestibular, não é mesmo? Imagina em relação ao casamento, que encaramos de uma forma diferente do mundo, sem cogitar separações, divórcios, etc. É normal sentir aquele frio na barriga e uma sensação, de vez em quando, de dúvida. Agora, se essa sensação é constante, ligue o alerta. Pode ser um sinal do Espírito Santo de que é para você orar mais a esse respeito. Se seu coração não está em paz, busque respostas em Deus. Faça provas com o Senhor (leia a história da prova de Gideão, em Juízes 6.37-40), medite na Palavra, jejue, etc. Só não diga "sim" ao seu noivo sem ter a certeza de que é a melhor decisão que estará tomando. Uma escolha errada em relação ao casamento pode trazer consequências marcantes não só para sua vida, mas para as famílias e igreja envolvidas. Não tenha medo de terminar tudo se perceber que estava enganada.

A mãe de uma amiga minha era jovem quando foi convidada a ir a um casamento. Ela nunca mais esqueceu. Foi um casamento que mais parecia cena de filme. A noiva estava linda, a igreja também. Tudo parecia perfeito. Mas não era. Antônio, o noivo, não era cristão. Na verdade, ele tinha "se convertido" ao evangelho meses antes do casório. Frequentava os cultos e ensaios do grupo jovem com a noiva, Ana Helena. Com a aprovação dos pais, começaram os preparativos para o casamento. Igreja, festa, convites, enxoval, móveis... tudo pronto. Chegou o dia "D". Entraram as crianças, os padrinhos e, por fim, o noivo acompanhado da mãe. Antônio esperava a noiva no altar e a igreja estava na expectativa. De repente, a orquestra começa a tocar a Marcha Nupcial e a Ana Helena surge linda, maravilhosa, ao lado de seu pai. Caminha pelo centro do templo sorridente, realizada. Ela tinha sido criada naquela igreja e, agora, seu sonho de entrar pela porta principal, vestida de noiva, se realizava. Os convidados suspiravam por sua beleza. Ela chega ao altar e é recebida com um beijo na testa pelo Antônio. O pastor começa a cerimônia e os presentes se acomodam em seus lugares. De repente, Antônio fala no ouvido de Ana Helena: "Preste bastante atenção em tudo. Olhe para todos os lados da igreja e para as pessoas que estão aqui, pois depois de hoje, você nunca mais pisará nesta igreja". Um pânico tomou conta da Ana. Ela jamais imaginava que isso fosse acontecer, mas sabia que pelo tom da voz que ele não estava brincando. Pensou por alguns segundos e decidiu que não poderia deixar aquilo acontecer. Interrompeu a ministração do pastor e gritou: "Está cancelado!". "Como?", o pastor achou que não tinha entendido o que a Ana gritava. "Isso mesmo, pastor! O casamento está cancelado. Pode parar de fazer a cerimônia. O Antônio acabou de me dizer que a partir de hoje nunca mais poderia vir na igreja e decidi que não quero isso para minha vida. Não vou trocar meu Deus por ninguém. Não quero mais me casar com ele", declarou em alto e bom tom. A igreja ficou em polvorosa. O pastor não sabia o que fazer. A Ana Helena não se abalou. Suspendeu o vestido, deu as costas para o Antônio e saiu da igreja pela porta da frente, certa de que melhor tinha sido romper ali do que pagar o preço alto de se casar com o Antônio.

Essa história é chocante, mas é real. Aconteceu de verdade. Até hoje fico me perguntando o que deve ter se passado na cabeça da Ana Helena naquele momento. Também não sei o que aconteceu com ela, nem com o Antônio, antes que você me pergunte. Provavelmente, deve ter se casado com alguém cristão de verdade e tido filhos. Deus, com certeza, deve ter honrado tamanha coragem de renunciar seu sonho em prol do amor ao Senhor. E você? O que faria?

Infelizmente, muitas meninas não teriam a coragem da Ana Helena. Preferem renunciar o amor a Deus por um casamento. A Bíblia diz que "Deus amou o mundo de tal maneira que deu o seu Filho unigênito, para que todo aquele que nele crê não pereça, mas tenha a vida eterna" (Jo 3.16). Ele poderia ter mandado qualquer pessoa, mas não, Ele enviou seu único filho para morrer por mim e por você. Como explicar essa ação? Não há sentimento ou palavra melhor do que "amor", do mais profundo e sublime. Como diz o escritor Hermes C. Fernandes, no livro *Amor Radical* (p. 17), "Ele nos ama de tal maneira que é capaz de ir às últimas consequências por nós. Ele nos ama de tal maneira que foi capaz de se expor numa cruz, sofrendo todo tipo de afronta e escárnio. É o seu amor que não lhe permite desistir de nós". E você? Iria até onde pelo amor a Deus?

Não pense em deixar o Senhor de fora de seu casamento. Ele é o personagem principal. Quando duas pessoas se amam e submetem esse sentimento à vontade de Deus, têm a certeza de contar com a especial e fundamental aprovação divina. Passam então a não ser mais dois e tornam-se mais forte. "E, se alguém prevalecer contra um, os dois lhe resistirão; e o cordão de três dobras não se quebra tão depressa" (Ec 4.12).

É maravilhoso ter ao nosso lado o amor de nossa vida, aquela pessoa especial, por quem tanto esperamos. Um casamento na vontade de Deus é um recanto de felicidade. Tem dificuldades, sim, mas a alegria, o prazer, o amor e o companherismo são bem mais fortes. É como se não fôssemos mais uma única pessoa, sozinha no mundo. De fato, "E serão os dois uma só carne e, assim, já não serão dois, mas uma só carne" (Mc 10.8). Temos alguém especial, que nos ama, nos esperando em casa para compartilhar conversas, sonhos, a vida.

Após colocar em prática tudo que leu aqui, e com a certeza de que fez a melhor escolha, mergulhe nos preparativos (enxoval, escolha do vestido, convites, festa, etc.) e curta essa fase. Entre nessa nova etapa de sua vida com as melhores expectativas possíveis. Deus tem o projeto de uma família feliz e abençoada traçada para você. Você esperou no Senhor até aqui e chegou a hora de desfrutar. Desfrute!

Só mais uma coisinha. Sei que você já deve ter feito aquela listinha que falei lá no início, estou certa? Também a essa altura já deve ter chegado a uma resposta ao título deste capítulo. Tudo ótimo. Mas, agora, eu queria lhe perguntar uma coisa, só uma: "Já parou para pensar se você é para casar? Se você tem as características que estão na listinha dos meninos de "esposa ideal"? Huum, agora complicou, não é mesmo? Mas isso é assunto para o próximo capítulo. Espero você. Não vai desistir do livro agora, não é?

11

E eu, será que sou para casar?

Pois é, você leu o capítulo anterior, fez sua listinha de "garoto ideal para casar" e já estava achando que agora era só esperar a bênção, não é? Quase isso. Chegou a sua vez, a hora de você fazer uma autoanálise e descobrir se, com suas características e comportamentos, é a menina que está descrita na listinha dos meninos e, principalmente, na Palavra de Deus. Ok, eu sei que nem todos os rapazes fazem a tal lista na prática, mas na mente posso garantir que sim.

E aí? Aceita o desafio? Então prossiga na leitura.

A Bíblia, como você já sabe, é o nosso manual. Não só de fé, mas de vida cotidiana mesmo. Nela, encontramos instrução e resposta para os mais variados temas, inclusive sobre a mulher ideal — o sonho de todo homem.

Você já leu Provérbios 18.22? Diz assim: "Quem encontra uma esposa encontra algo excelente; recebeu uma bênção do Senhor" (NVI). Lendo isso toda esposa se sente valorizada, nem que seja por um momento. Até porque no mesmo livro bíblico também está escrito: "Uma esposa exemplar; feliz quem a encontrar! É muito mais valiosa que os rubis. Seu marido tem plena confiança nela e nunca lhe falta coisa alguma. Ela só lhe faz o bem, e nunca o mal, todos os dias da sua vida" (Pv 31.10-12, NVI). E para encerrar esse bloco: "Casas e riquezas herdam-se dos pais, mas a esposa prudente vem do Senhor" (Pv 19.14, NVI).

E então? Você está disposta a ser esse tipo de esposa? Talvez se ache muito nova para pensar em casamento, mas não é bem assim. Continue lendo que você não vai se arrepender.

Casamento É Projeto de Deus

Sobre esse assunto, a Palavra de Deus faz uma verdadeira apologia. Afinal, a união de um homem e uma mulher em matrimônio é o primeiro passo para a criação de uma família, e esse é um dos maiores projetos de Deus (Gn 1.27,28; Mt 19.6).

Ainda no Antigo Testamento, o Senhor já instituía o casamento: "Por essa razão, o homem deixará pai e mãe e se unirá à sua mulher, e eles se tornarão uma só carne", Genêsis 2.24 (NVI). Quer mais? Em Hebreus 13.4, por exemplo, diz: "O casamento deve ser honrado por todos; o leito conjugal, conservado puro; pois Deus julgará os imorais e os adúlteros" (NVI).

Se você frequenta a Escola Dominical desde que era uma criancinha, deve ter aprendido ainda na infância, em uma de suas primeiras aulas, como se deu a criação do mundo. Lembra que depois de criar todas as coisas, o Senhor percebeu a necessidade de formar uma companheira para o homem? "Então o Senhor Deus declarou: 'Não é bom que o homem esteja só; farei para ele alguém que o auxilie e lhe corresponda'" (Gn 2.18, NVI).

Deus sabe a importância de termos relacionamentos. Ele é sociável. Jesus tinha amigos, convivia com as pessoas, dos mais ricos aos mais pobres, falava com todos, dos fariseus às prostitutas, e estava presente em ocasiões especiais, como casamentos e festas (Mt 19.14; Mc 1.34; Mc 12.42,43; Lc 7.37,38; Lc 19.2; Jo 2).

Então, querida leitora, o primeiro fato que quero que se conscientize é de que o casamento é bênção de Deus para nossas vidas, é um presente. Foi planejado por Ele desde a criação do mundo. Mas para que possamos tomar posse desse presente precisamos estar preparadas. É igual a um filho que deseja muito ganhar um carro do pai. Do que adianta apenas querer, se ainda não aprendeu a dirigir, nem fez as aulas necessárias para conseguir a habilitação?

Não foi à toa que Deus preparou todo o ambiente para só então criar Eva. Enquanto o espaço era organizado para a sua chegada, Adão também era moldado. Então, no tempo certo, ela chega para formar com Adão o primeiro casal da humanidade.

Prepare-se já!

"Mas, peraí, Eveline, eu ainda não estou pensando em casar." Ok, mas se já tem interesse em namorar, deveria estar! É mais do que sua obrigação. Ou, por acaso, você está agindo como as meninas que não tem compromisso com Deus e trocam de namorado a cada semana?

Portanto, se você está começando a pensar na ideia de namorar, ou se já tenha iniciado um relacionamento, chegou a hora de começar a trabalhar suas características e se transformar na "menina ideal para casar".

Eu, por exemplo, demorei a me conscientizar de que deveria procurar me encaixar no perfil da mulher virtuosa, descrita na Bíblia (Pv 31.10-31). Confesso que achava um padrão inatingível. Mas descobri que não.

Tem até uma brincadeira que fazemos em família. Uma das minhas cunhadas, a Joelma, é referencial para todas as outras, inclusive para mim. Esposa dedicada, caprichosa, cozinha bem, costura, mega-prendada, excelente mãe, conhecedora e estudiosa da Palavra, nora cuidadosa, etc. Eu e minha cunhada Noory de vez em quando brincamos dizendo que o único da família que encontrou uma mulher virtuosa foi o marido dela. (Risos).

É apenas uma brincadeira. Toda vez que isso acontece, o Alessandro trata logo de dizer: "Que é isso, meu amor, você é a melhor esposa do mundo". Sei, sei. Mais ou menos. É claro que todos nós temos nossos defeitos, limitações, fraquezas. Não existe ninguém perfeito (graças a Deus, se não ficaria difícil!), nem a minha cunhada! (Mas ela disfarça bem, hein?)

Como disse, demorei a achar que poderia pelo menos tentar ser essa mulher descrita na Palavra. Agora, imagine se eu, na sua idade, já tivesse começado a aplicar isso? Meu Deus! O Alessandro seria o homem mais feliz do universo desde o primeiro dia de casamento. (Ops! Mas, modéstia a parte, ele diz que é. Risos.)

Não tenho dúvida de que tudo teria sido bem mais fácil se tivesse começado a tentar melhorar minhas características bem antes de casar. Por isso, meu desejo é que você dedique-se a ser a pessoa que Deus quer que seja a partir de hoje, caso ainda não tenha começado. Mas fique tranquila. Ele a criou e conhece muito bem cada uma de suas características, tanto físicas quanto de personalidade. Por isso mesmo, sabe que você é capaz.

Você pode até se sentir "A" garota ideal descrita na Palavra, mas vá com calma. Seja humilde e reconheça que ainda pode melhorar em muitos aspectos. Ou, se você pensa que a mulher virtuosa é uma "Amélia", bem distante do seu ideal, não deixe de ler os tópicos a seguir. Você verá que a Palavra de Deus é super atual e as descrições de Provérbios 31 podem perfeitamente se encaixar na rotina de uma menina do século 21, que além de cuidar da casa, estuda, trabalha e faz um monte de outras coisas. Quer ver?

Mas como Ser "a" Menina?

Segundo a psicóloga Sônia Pires, quando os meninos pensam em casamento, estão em busca de "alguém para compartilhar a vida, com mais cumplicidade, sem egoísmo".

Isso só vem confirmar o que diz a Palavra, em Provérbios 31.10-31, descrevendo a mulher exemplar, ou, para que fique mais próximo de sua realidade, a menina que os meninos procuram para namorar sério e depois casar. Vamos analisar cada uma das características descritas nesse texto bíblico? Afinal, quem é essa menina?

1) É temente a Deus

"A beleza é enganosa, e a formosura é passageira; mas a mulher que teme o Senhor será elogiada" (v. 30, NVI).

Antes de querer ser "a" menina que os meninos estão em busca para casar, ela se preocupa em ser "a serva que Deus procura". Ela sabe que sua comunhão com o Senhor é mais importante do que as outras coisas e não abre mão de ter seus momentos de oração, louvor e meditação na Palavra. Sabe que uma vida espiritual sadia é sua prioridade. Afinal, Deus honra quem busca o seu Reino em primeiro lugar (Mt 6.33)

2) Ela é valiosíssima!

"Uma esposa exemplar; feliz quem a encontrar! É muito mais valiosa que os rubis" (v. 10, NVI).

A menina ideal para casar é descrita como aquele complemento que faz toda a diferença. Alguém que "enriquece", incentiva o companheiro na obra de Deus, nos estudos, no trabalho, etc. Todos veem como ela é importante na vida de seu namorado. Provérbios 12.4 fala que ela é a "coroa", ou seja, que ela está em um lugar de destaque, de honra. Imagina um príncipe sem coroa? Estranho, não é? Para você sentir o grau de importância.

3) Ela é confiável

"Seu marido tem plena confiança nela e nunca lhe falta coisa alguma" (v. 11, NVI).

Sua conduta diante da vida mostra às pessoas que é íntegra e, por isso, todos podem confiar nela, principalmente seu namorado.

4) É sábia

"Toda mulher sábia edifica a sua casa" (Pv 14.1a).

Ela é esperta, inteligente. E não estou falando apenas de tirar 10 em todas as matérias. Isso é conhecimento. Sabedoria é o que você faz ou como aplica esse conhecimento, entende? Lembra de Salomão? A Bíblia diz que nunca existiu pessoa mais inteligente (1 Rs 3.12), mas em alguns momentos ele não soube usar adequadamente sua sabedoria (1 Rs 11.4-6).

5) Ela é trabalhadora e boa administradora

"Antes de clarear o dia ela se levanta, prepara comida para todos os de casa, e dá tarefas às suas servas. Ela avalia um campo e o compra; com o que ganha planta uma vinha. Entrega-se com vontade ao seu trabalho; seus braços são fortes e vigorosos. Administra bem o seu comércio lucrativo, e a sua lâmpada fica acesa durante a noite" (Pv 31.15-18, NVI).

Já cedo está de pé procurando com o que se ocupar. Também sabe administrar o que tem. Em suas mãos parece que o dinheiro rende mais. Não é consumista (fala, Senhor!) e, com seu esforço, faz com que o orçamento esteja sempre em ordem. Não é daquelas meninas que vivem cobrando aos pais o que eles não têm condições de dar: é a mochila da moda, o tênis da melhor marca, o celular tal, etc.

Uma dica: se você age assim, aprenda a se contentar com o que tem e corra atrás, trabalhando, para conquistar o que deseja, mas sem perturbar ninguém, como uma criança mimada que quer que seus desejos sejam ordens. Você pode até achar que estou sendo dura, mas não tenha dúvida de que é para o seu bem. Afinal, amigas também chamam a nossa atenção quando é necessário, estou certa?

6) Ajudadora

"Acolhe os necessitados e estende as mãos aos pobres" (v. 20, NVI).

Caridosa, se preocupa com os necessitados. Na prática, faz doações de alimentos, livros, roupas que não usa mais (não aquelas caindo aos pedaços, sabe? Mas as que ainda estão em bom estado, que poderiam ser usadas por qualquer pessoa, independentemente da condição social). Além disso, sabe dividir, compartilhar. Ajuda uma amiga com dificuldade na escola; ajuda os idosos, os doentes, a mãe, os irmãos, etc.

7) É "pra cima"

"Reveste-se de força e dignidade; sorri diante do futuro" (v. 25, NVI).

Sabe aquela pessoa que nunca consegue ver o lado bom das coisas? Que fica perturbando no ouvido do namorado toda hora, reclamando da vida? (Se está sol, reclama, se chove, também.) Que murmura o tempo todo? Pois "a" menina que os meninos procuram é exatamente o oposto! Isso me fez lembrar a história daquela mulher Sunamita, que mesmo tendo perdido o filho, que tanto havia desejado, quando Geazi lhe pergunta se vai tudo bem com ela, responde: "Sim, vai tudo bem!" (2 Rs 4.8-36). Imagine! Que exemplo, não é? E a gente, às vezes, por muito pouco, quase nada, já abre a boca para murmurar! Fala mesmo, Senhor!

8) Fala bem

"Fala com sabedoria e ensina com amor" (v. 26, NVI).

Sabe o tempo certo de abrir a boca e, quando assim o faz, diz coisas interessantes, conselhos valiosos. Sabe aquela hora em que o namorado está irritado, estressado? É o momento em que mais esta característica precisa entrar em cena.

9) Não é preguiçosa

"Cuida dos negócios de sua casa e não dá lugar à preguiça" (v. 27).

Hum, peguei você, não é? Esse negócio de não querer fazer nada em casa não está com nada. Você pensa que eles não levam isso em conta? Fale a verdade, que menino vai querer casar com uma garota que nem as próprias calcinhas lava? Que não sabe o que é arrumar a cama, nem lavar um copo? Só se for um príncipe de Brunei, que tenha milhares de empregados e, mesmo assim, tenho minhas dúvidas. Por isso, querida, saia desse marasmo. Tome jeito! Comece agora mesmo a ajudar sua mãe com os afazeres domésticos. Sempre há o que fazer! É só procurar!

10) Cuida da aparência

Está sempre cheirosa, com os cabelos arrumados (e limpos!), dentes escovados, roupas adequadas, cuidando do peso, etc. Mas não exagera, pois sabe que isso é passageiro (Pv 31.30).

11) Todos a elogiam

"Que ela receba a recompensa merecida, e as suas obras sejam elogiadas à porta da cidade" (v. 31, NVI).

Já imaginou ouvir a toda hora: "Todas são exemplares, mas você as supera!" (v. 29). Ai, ai, bom, não é? Quando a menina se encaixa no perfil descrito nesse trecho de Provérbios, o reconhecimento vem. Às vezes, até da própria sogra! Risos!

Dedique-se a ser a pessoa que Deus quer que seja a partir de hoje, caso ainda não tenha começado.

Essa ninguém Quer

E aí? Que tal? Disposta a se adequar? Espero que sim. Mas ainda não acabou. A Bíblia também fala sobre a "menina ruim para se casar". Quer saber como ela é?

1) É briguenta (Pv 19.13)

Faz confusão na escola, na rua, em casa. É aquele tipo de pessoa "pavio curto", sabe? Quem convive com ela precisa até tomar cuidado para dar bom dia, senão corre o risco de ouvir: "Bom dia, por quê?". Em todo canto aonde vai, arruma uma confusão e acha o máximo ser assim. É comum se gloriar: "Comigo é assim mesmo, tiro satisfação com todo mundo!". Aloou! Essa menina não é crente, não é? Pois não tem como! E o fruto do Espírito, descrito em Galátas 5? Foi parar onde nessa história?

2) É amargurada (Pv 21.19)

Você já olha para ela e vê: a "cara" sempre "amarrada". Não consegue dar um sorriso. Parece sempre triste, mal-humorada. Essa aí também precisa se converter e deixar que a alegria do Senhor preencha sua vida (Ne 8.10). Não gosto nem de ter amigas assim, quanto mais um menino vai querer alguém assim para se casar!

3) É traiçoeira (Jz 14.15-17)

Falsa. Na frente, um doce; por trás, outra pessoa. É o perfil facilmente encontrado na internet. Nas palavras, se descreve como uma menina perfeita, mas esconde seus defeitos e desvios de caráter. Em algum momento, acaba mostrando quem é de verdade, como fez Dalila, que vendeu o segredo de seu esposo para os inimigos (Jz 14.15-17). Não esconda seus defeitos. Trabalhe neles. Confessar é o primeiro passo para mudar (Pv 28.13).

4) Estimula o namorado a pecar (Jr 44.9,10,15)

"Vai, isso mesmo. Vai lá e faz isso!" é o conselho que ela sempre dá. Mas infelizmente não quando o assunto é buscar mais a Deus, orar, jejuar ou meditar na Palavra. Pelo contrário. Não está nem um pouco preocupada com a vida espiritual do namorado. Se é para brigar com a mãe, ótimo; se é para se exceder nas carícias do namoro, melhor ainda. Esse tipo de menina está sempre a postos para incentivar o namorado a pecar e ficar cada vez mais distante do Senhor. Lembra de Jezabel, que incentivou o marido a roubar a terra de Nabote? A Bíblia diz: "Nunca existiu ninguém como Acabe que, pressionado por sua mulher Jezabel, vendeu-se para fazer o que o Senhor reprova" (1 Rs 21.25, NVI).

5) Trai (Mt 19.9)

Ela não é confiável, não honra o compromisso que firmou. Deus olha com muita tristeza para quem age assim. "Mas, como a mulher que trai o marido, assim você tem sido infiel comigo, ó comunidade de Israel, declara o Senhor" (Jr 3.20).

Ah, e não adianta querer "fingir" que tem as características da menina exemplar, listadas acima. Você pode até enganar no primeiro momento seu namorado, mas logo a "máscara" vai cair. E será pior ainda quando ele descobrir que você mentiu.

Se você observar bem, todas as características apontadas na Bíblia são verdadeiras dicas para nos tornarmos pessoas melhores, independentemente de o objetivo ser encontrar alguém para casar. Por isso, fiz questão de lhe mostrar a importância de buscar aplicar hoje em sua vida esses princípios divinos. Não espere o seu príncipe chegar para só então se tornar a menina que Deus deseja. Para que esperar? Que tal começar hoje?

O livro já está acabando... também vou sentir saudades... mas ainda preciso lhe contar uma belíssima história de amor. Corra para a próxima página!

12

A mais Linda História de Amor

Você gosta de histórias de amor? Então, preste atenção nesta. Mateus conhece Heloísa desde que ela nasceu. Ele é alguns anos mais velho e sempre teve interesse por ela. Na adolescência, quando Heloísa já estava na idade para namorar, ele começou a tentar se aproximar ainda mais.

Conversava com ela de modo especial, procurava saber tudo de que ela gostava para tentar agradá-la, estava sempre "na área". Até que um dia, ele decidiu pedir Heloísa em namoro.

Ela ficou meio insegura, pois não queria assumir um compromisso, mas pensou no que poderia ganhar namorando-o e aceitou. Para ele, foi uma realização. Era bonito de ver como Mateus gostava da Heloísa, sabe?

Mas parecia que ela não achava tanta graça, mesmo ele se mostrando um excelente namorado. Ele a respeitava, incentivava, consolava quando ela estava triste, presenteava sempre, elogiava, era companheiro para todas as horas...

Para você ter uma ideia, para poder vê-la, Mateus tinha que fazer uma viagem longa, já que morava distante da casa dela. Ele precisava pegar três ônibus, metrô e caminhar dois quarteirões! Mas Heloísa não reconhecia o esforço. Vivia cobrando mais dele.

Em pouco tempo de relacionamento, Heloísa começou também a reclamar do comportamento de Mateus. Dizia que ele não era como os outros namorados a que estava acostumada, pois ele não permitia que carícias íntimas fizessem parte do namoro. Mateus explicava que esse era um comportamento pecaminoso, errado, mas ela não aceitava.

Amor ou Interesse?

O relacionamento deles, nem sei como, até que durou um período, mas sempre assim: Mateus dedicando-se e Heloísa distante. Na verdade, vou confessar, acho que ela era meio interesseira, porque o Mateus vivia dando presentes para ela e só nessas horas é que ela o tratava melhor. Que horror! Arght!

Até que um dia, Mateus decide pedir a mão de Heloísa em casamento. Durante alguns meses ele juntou dinheiro para comprar a aliança, uma bem bonita, do jeito que ela gostava. Queria fazer uma surpresa!

No dia D, ele coloca a roupa especial, comprada para a ocasião, borrifa o perfume predileto, penteia o cabelo e sai todo feliz ao encontro de sua noiva. (Ops! Futura noiva.)

No caminho, já vai pensando no casamento... "Ai que dia especial. Não vejo a hora de vê-la entrando vestida de noiva!". Ele desce na estação e antes de partir para a caminhada, decide que é melhor comprar um buquê ("copos-de-leite, as preferidas dela", escolhe). Em tudo, Mateus não perdia a oportunidade de tentar agradar Heloísa. Não seria diferente agora, com as flores, não é?

Pois bem. Aquele não era um dia comum de visita do Mateus. Heloísa não sabia que ele estava chegando. A ideia dele, como disse, era justamente fazer uma surpresa. Mas, ele não esperava que essa surpresa se tornasse amarga.

Sem Perdão?

Ao virar a esquina da rua de Heloísa, Mateus avistou duas pessoas no portão da casa da namorada. No primeiro momento, não consegue reconhecer de quem se trata. O casal parece se divertir. Na verdade, ao chegar mais perto, ele percebe que estão se "agarrando" de uma forma bem excessiva, até constrangedora para quem passa por ali. Mas eles estão à vontade. Não parecem se incomodar com os olhares reprovadores das pessoas que passam.

Mateus se aproxima e consegue ver que a moça tem um cabelo longo preto, parecido com o de Heloísa... Mas ele não quer acreditar. Três passos à frente, no entanto, o que avista faz seu mundo desmoronar! É ela sim e está o traindo!

Uma terrível tristeza invade o coração de Mateus. "Mas por que ela fez isso comigo?" Chegando diante do casal, ele os interrompe: "Heloísa! Como você teve coragem? Tantas provas de amor que lhe dei e agora é assim que você me retribui? Me traindo? Jogando no lixo todo o meu amor?".

A resposta vem em uma fria e inabalável frase: "Você já era! Quero curtir minha vida, sem dar satisfação para ninguém. Pode ir embora! Não o quero mais!".

Consegue imaginar como Mateus ficou? Todos os planos que ele tinha com Heloísa vieram abaixo. Ela estava desprezando todo o sentimento que ele sentia por ela. Heloísa tinha preferido trocá-lo pelo primeiro que apareceu na porta dela! Triste e sofrendo, Mateus se foi. "Não posso obrigá-la a me amar. Vou respeitar sua decisão."

Indignante, não é mesmo? Não dá vontade de ir lá e dar uma sacolejada na Heloísa? O que você faria se fosse o Mateus? Humilharia a Heloísa? Se vingaria, contando para todos "os podres" dela? Ah, mas o Mateus não era assim. Acredita que ele deu uma nova chance, tempos depois, quando Heloísa lhe pediu perdão?

Você Conhece alguém Assim?

Pois bem. Quero lhe apresentar a Heloísa. Aproxime-se do espelho mais perto e veja a imagem que está diante de você. "Muito prazer, Heloísa!" "Como assim, Eveline? Eu não traí ninguém!", você pode estar dizendo. É mesmo? Veremos.

Desde quando você nasceu, Alguém especial estava a sua espera. O interesse dEle era tanto, que preparou tudo para sua chegada. A medida que foi crescendo, esse Alguém foi tentando se aproximar, buscando um relacionamento mais sério e profundo com você. Mas você não estava a fim de um compromisso, queria só curtir.

Mesmo assim, Ele lhe deu muitos presentes, escutou seus desabafos, consolou-a naquele dia triste, a incentivou e, mesmo quando seus amigos a desprezaram, permaneceu ao seu lado.

Como a Heloísa, muitas vezes, você o tratou mal e não valorizou seu sacrifício para ficar perto de você. Gostava dos presentes, mas nem sempre da companhia. Por fim, um dia, você partiu para outra.

Passou a fazer exatamente tudo que ele não gostava e declarou: "Não o quero mais, Jesus! Até aqui foi legal, mas agora não quero mais sua companhia. Eu sei cuidar de mim e tenho coisas muito mais interessantes para fazer do que ficar 'perdendo' meu tempo com você!".

Não? Você nunca disse isso? Pode ser que exatamente com essas palavras não tenha dito, mas com seus atos sim. Quer se lembrar de que forma fez isso? No dia em que decidiu, mesmo sabendo que era contra a vontade dEle, namorar um rapaz não-crente. Ou quando se envolveu com aquelas amizades perigosas. Ou quando começou a se dedicar ao passatempo de ficar imaginando coisas pecaminosas. Ou ainda quando se juntou com a turma do colégio para debochar da menina gordinha. Ou ainda, quando convidou as carícias íntimas para fazer parte do seu namoro... Ou ainda, quando justamente por conta desse relacionamento, deixou de fazer a obra de Deus... Será que se identificou com algumas dessas situações?

Sentiu como você tem sido Heloísa ultimamente? Não dá uma vergonha? O amor e a dedicação de Mateus nem se comparam ao que Deus sente por nós. Mesmo assim, Ele está pronto a nos perdoar e esquecer tudo que a gente fez (e faz). Só Ele mesmo, não?

Para todo Mundo Ver

Já imaginou se você fosse o Mateus da história? Provavelmente, além de não perdoar os erros da Heloísa, pensaria seriamente na possibilidade de se vingar espalhando para todo mundo o que ela fez de errado, estou certa?

Formas para isso não faltariam: fotos comprometedoras dela postadas no Orkut... Ou ainda, uma cartinha "anônima" para algumas amigas contando as vezes em que ela falou mal delas para você... Ou, quem sabe, um cartaz no mural da escola revelando os truques que ela usa para "colar" nas provas...

Humilhação, vingança, falta de perdão. Não. Esse Alguém não age assim. Ele não expõe nossas fraquezas e erros, mesmo quando o traímos, como fez Heloísa. Sabe o que Ele faz?

A Bíblia diz que Ele cravou na cruz a cédula que era contra nós (Cl 2.14). Max Lucado fala sobre isso no livro *Ele Escolheu Você* (p. 49):

> Entre as mãos de Jesus e a madeira estava uma lista. Uma longa lista. A lista de nossos erros: nossa ira e nossas mentiras, nossos pensamentos pérfidos, nossos momentos de inveja e as horas perdidas. A lista de nossos pecados.
>
> Pendente da cruz está um catálogo que lista os nossos pecados. As más escolhas do ano passado. As más atitudes da semana passada. Ali, em plena luz do dia, para que todo o céu possa ver, está uma lista de seus erros. E dos meus.
>
> Os erros estão encobertos. Os pecados estão escondidos. Aqueles mais no alto estão escondidos por sua mão; aqueles mais embaixo na lista estão cobertos por seu sangue. Seus pecados estão encobertos por Jesus.
>
> Foi por isso que Ele se recusou a fechar seu pulso. Ele viu a lista! O que o impediu de resistir? Esse inventário de suas falhas.

E ele conclui, com a parte mais tocante, que marcou minha vida: "Ele sabia que o preço por aqueles pecados era a morte. Ele sabia que a fonte daqueles pecados era você, e como Ele não conseguia aguentar a ideia de passar a eternidade sem você, Ele optou pelos cravos. Ele escolheu perdoar".

Como Pode?

O amor de Deus para conosco é tão profundo que não dá para explicar em palavras. Por mais que você ache que isso é um bordão, é a mais pura realidade. Tentei imaginar um relacionamento entre marido e mulher, não dá para comparar. Um de amigos, nem chega perto. Um de mãe e filho, talvez.

Lembrei do amor que tenho pelo meu filho, Aharon. É um sentimento incomparável. Só de observá-lo dormindo, fico emocionada. Cada uma de suas gracinhas é festejada. Seja um passinho ou uma palavrinha nova.

Quando ele resolve então me dar um sorriso, é a maior recompensa. Sua chegada em minha vida mudou-me completamente. Repensei meus valores e minha escala de prioridades. O que passou a valer foram as necessidades dele. Por ele, meu orçamento foi completamente alterado. Passei a gastar beeem menos comigo e ser muito mais feliz.

Por ele, choro, "pago mico", faço o que for preciso. E ele nem fala frases ainda. Não preciso de sua gratidão, nem de declarações. Apenas seu sorriso. E seu... "Mãe".

Depois que o Aharon nasceu, compreendi um pouco mais a relação de amor que Deus tem para conosco. Ou melhor, acho que passei a ter uma noção próxima da intensidade desse amor. Quantas vezes me peguei olhando para meu filho, no meu colo, pensando... "Deus, como foste capaz? Não poderias ter escolhido qualquer um dos anjos para a missão de morrer na cruz para nos salvar? Tinha que ser teu filho? Detalhe: o teu único!".

Não consigo nem imaginar e, já adianto, antes que você me pergunte, jamais ofereceria a vida do meu pequeno Aharon em favor de outra pessoa. Não adianta querer fazer "a linha" aqui com você. Não. Por ele, daria minha vida, mas a dele, nunca, por ninguém.

Mas Deus fez! Gente, Ele amou o mundo de tal forma que ofereceu Jesus para que pudesse trazer salvação para nossas vidas (Jo 3.16)! Você quer prova de amor maior do que esta? Tem noção do que é isso?

Ah, e não foi só para a sua família, os cristãos, ricos, inteligentes e bonitos. Pense naquelas pessoas tidas como as mais desprezíveis da sociedade... Foi por elas. Pense nos menores de rua... Nos ribeirinhos do Amazonas... Sim, foi. Pense nos traficantes, estupradores, assassinos... Na filha que matou os pais com o namorado... No atleta que esquartejou a amante... Deus mandou seu filho para morrer por eles também!

Não é impressionante?! Não é de arrepiar? Como não? Ainda não conseguiu se envolver com essa história? Pois então, acomode-se em sua cama ou em um lugar bem confortável, pois agora vou lhe contar a mais linda história de amor.

"A" História

Você já sabe que Deus enviou seu filho para morrer por nós, certo? O único Filho que Ele tinha! Mas você já parou para pensar em como isso aconteceu?

Cada vez que ouço ou me lembro da declaração de amor de Jesus por mim, com todos os detalhes, meus olhos se enchem de lágrimas e meu coração de vergonha. Como posso me esquecer disso, Senhor? Como posso estar tão preocupada com outras coisas? Como posso não lhe agradecer a todo momento, com minhas atitudes, por esse gesto de amor tão profundo?

Como falei no capítulo "Apaixonada por Você", a morte na cruz era normalmente designada para os piores criminosos, aqueles que eram considerados desprezíveis pelas autoridades. O criminoso, além de marchar pelas ruas carregando sua cruz, levava em seu pescoço uma placa pendurada que dizia qual crime tinha cometido. Quando chegava ao local da execução, tinha suas roupas tiradas e era escarnecido.

Mas, antes do momento na cruz, Jesus ainda teve que pagar uma pena em forma de chibatadas. O costume na época dizia que nenhum preso poderia levar mais do que 40.

Tente visualizar... Aqueles homens açoitando Jesus, com um chicote terrível feito de couro com uma pequena bola de chumbo na extremidade de cada tira? Batem uma, duas, dez, vinte... Trinta e nove vezes!

O chicote pesado é batido com força contra os ombros, costas e pernas de Jesus. No primeiro momento, as chibatadas cortam apenas a pele. Em seguida, cortam os tecidos, rompendo veias, provocando hemorragia arterial. A pele de Jesus já estava completamente rasgada, sangrando...

As bolas de chumbo nas extremidades do chicote primeiramente produzem grandes, profundos hematomas, que se rompem com as chibatadas seguintes. A pele das costas fica pendurada em tiras.

Mas ainda tinha muito mais. A missão dos soldados se resumia "apenas" a chicotear Jesus e levá-lo até o lugar onde seria executado, e lá sim crucificá-lo. Mas eles decidiram que seria uma "boa" se "divertirem" um pouco mais.

Deboche e Humilhação

Jesus ali, completamente dilacerado pelos machucados, quase sem forças para se colocar em pé, ainda tem que passar por mais uma humilhação.

Os soldados colocam uma capa vermelha sobre Ele, uma coroa de espinhos em sua cabeça, uma cana em uma de suas mãos e se ajoelham diante de Jesus zombando: "Salve, rei dos judeus"!

Dá para imaginar quanta dor?! Quanta insensibilidade? Mas aqueles carrascos não se deram por satisfeitos. Quando parecia que a "diversão" tinha chegado ao fim, eles foram além: "E, cuspindo nele, tiraram-lhe a cana e bateram com ela em sua cabeça". Consegue imaginar a cena? Como não sentir uma dor no coração? Você prestou atenção? CUSPIRAM no rosto de Jesus.

O cuspe não doía, como não dói. Não arde, nem faz feridas. Mas abre crateras na alma. Tem como objetivo fazer alguém se sentir menor, sem importância. Humilhação, dor, sofrimento. Tudo junto, despejado em cima do meu Jesus.

Imagine aquele manto, que a essa altura tinha grudado nas feridas de Jesus, sendo retirado sem nenhum cuidado... Mais dor.

Eu e Você nos Ombros dEle

Em seguida, levaram Jesus para o lugar onde seria crucificado. A cruz é amarrada sobre seus ombros, e Ele inicia sua jornada ao Gólgota. Tropeça e cai algumas vezes. Já não está conseguindo se manter em pé. O caminho, de cerca de 800 metros, é finalmente percorrido.

Um dos soldados encontra o local adequado no pulso de Jesus e crava ali um prego, rasgando sua pele e entrando na madeira. Da mesma forma faz com o outro pulso. A cruz é levantada. O pé esquerdo é empurrado para trás contra o pé direito, e com ambos os pés estendidos, um prego é batido através deles.

Pendurado em uma cruz, Ele passa horas de dor sem limite, ciclos de contorção, câibras nas juntas, asfixia parcial, intensa dor por causa das lascas enfiadas nos tecidos de suas costas dilaceradas, conforme Ele se levanta contra o poste da cruz.

Ele clama que tem sede. E sabe o que lhe dão? Uma esponja embebida em vinagre. Com um último suspiro declara: "Está consumado! Pai, nas tuas mãos entrego o meu espírito" (cf. Lc 23.46; Jo 19.30).

E sabe o que mais dói? Ele não fez nada para merecer aquilo. Foi tudo por mim. Tudo por você. Pode haver relacionamento de amor mais profundo? História de amor mais linda?

A coroa de dor que feriu seu doce rosto,
Três cravos rasgando carne e madeira
Para mantê-lo no lugar.

Compreendo a necessidade de sangue.
Seu sacrifício, eu abraço.
Mas a esponja amarga, a lança afiada,
A cusparada em sua face?
Tinha que ser uma cruz?

Não havia uma morte mais amável do que seis horas pendurado entre a vida e a morte, tudo isso regado a um beijo de traição?
"Oh, Pai", você diz com o coração apertado
"Desculpe perguntar, mas preciso saber, fizeste isso por mim?"

Trecho do livro *Ele Escolheu Você*, de Max Lucado (CPAD), p. 12.

A Conversa até Aqui

Ao longo deste livro, conversamos sobre várias questões envolvendo relacionamento entre meninos e meninas: a diferença de sentimentos (paixão e amor), quando a gente se confunde (apaixonando-se pelo amigo, por exemplo), tem ciúmes ou até mesmo sofre com uma traição ou o fim do relacionamento, lembra?

No nosso relacionamento com Deus, muitas vezes não demonstramos com nossas atitudes o quanto o amamos. De vez em quando nos equivocamos, achando que agradá-lo é uma coisa (como apenas ir à igreja, participar do grupo de adolescentes ou cantar no "louvor"), quando sabemos que o agrado que Ele quer não se resume a isso. Tem a ver com entrega, renúncia, devoção.

Em outros momentos, provocamos nEle ciúmes, quando fazemos exatamente o que Ele diz que não, e damos mais atenção às coisas deste mundo. Ou ainda, chegamos ao ponto de traí-lo. Mas quando para qualquer tipo de relacionamento a traição significa o fim, Ele age diferente. Ele nos aceita de volta!

Deus entende melhor do que ninguém o que significa a palavra reconciliação (2 Co 5.19). A palavra grega para esse termo representa restituir algo, mudar algo, fazê-lo diferente do que era. Ele quer fazer isso em sua vida.

Não importa quão errada tenha sido nos últimos tempos, quantas mentiras, palavrões e outros pecados tenha cometido. Não importa se tem se excedido nas carícias com seu namorado ou se até caiu em pecado com ele.

Jesus pagou um alto preço para você ter acesso ao perdão, à reconciliação. Desfrute!

Qual É a sua Resposta?

Podemos escolher entre uma porta estreita ou larga, um caminho fácil ou um difícil, a grande multidão ou a pequena (Mt 7.13,14). Ou, mais especificamente, entre o tormento e a vida eterna (Mt 25.46).

Deus amou o mundo de tal forma que ofereceu Jesus para que pudesse trazer salvação para nossas vidas (Jo 3.16) Você quer prova de amor maior do que esta? Tem noção do que é isso?

A escolha é sua! E Ele respeitará (Ap 3.20). Se você tomou decisões erradas até aqui, ou ainda está praticando atos que não agradam a Deus, como a Heloísa do início deste capítulo, é chegada a hora do encontro.

Seu amado, Jesus, está esperando por você, de braços abertos. Ele pagou o preço mais alto que poderia só para tê-la ao seu lado. Ele fez a maior declaração de amor de que o mundo já ouviu falar. E Ele não ficou só em palavras, Ele provou seu amor por você! Agora, é sua vez de reconhecer!

Este é, sem dúvida, o capítulo mais especial deste livro. Foi planejado desde o início (diferentemente da maioria, que foi surgindo pelo caminho). Na verdade, ouso dizer que ele é a razão deste livro. Ele é um convite de Jesus a você.

E Ele diz: "Querida (coloque aqui o seu nome), já provei o meu amor por você lá na cruz, lembra? Fiz tudo que podia para que soubesse o quanto a amo. E agora Eu lhe pergunto: Está disposta a viver essa linda história de amor?".

A escolha é sua!

Ao meu Amado

Nunca esquecerei o dia em que nossos olhos se cruzaram pela primeira vez
Teu primeiro toque e o doce tom em tuas palavras
Senti meu coração bater mais forte enquanto me abraçavas
E te conheci naquele instante
Tu que sempre estiveras tão perto
Eu é que te mantinha distante

Tu me viste andar errante
E tão cega, fui atrás de outros amores
Busquei outros prazeres, tantas frustrações e dores
Preencher um vazio no meu peito foi tudo que eu sempre quis
Enganada, tracei caminhos difíceis
Entreguei-me a outros braços
Mas só Tu me fazes feliz

Nunca entendi teus sacrifícios e tuas lágrimas por mim
Naquela época nem te olhava
Por que me querias tanto assim?
Para mais ninguém eu tinha valor
Por isso tanto duvidava do teu incondicional amor
Que me confundia e assustava

Até que um dia, me atraíste de tal maneira
Arrebataste meu coração com teu olhar
Tua beleza me vencera
Na profundidade do teu sorriso, contemplei a felicidade
E hoje vivo todos os dias para ver o teu sorriso.

Ah, meu amado e lindo Cristo,
Teu amor me consumiu e rompeu toda escuridão
Por isso te gravei em minha alma
Porque Tu me tiraste do pó e do lixo
E me mostraste a verdadeira paixão

Encontrei em ti, meu Amado
Muito mais do que eu merecia e buscava
Hoje sou a mulher mais feliz do mundo
Pois Tu me completas em tudo
E me deste a honra de ser tua filha, serva, amiga e noiva amada!

Paula Renata dos Santos, cristã, jornalista e minha amiga.

Vamos dar um tempo!

Chegou a hora mais difícil... A da despedida! É tão difícil, não é? Ainda mais depois de conversarmos sobre tantas coisas especiais. Falamos de paixão, amor, ciúme, traições, decepções, pessoas certas, escolhas erradas e... finalmente, da história de amor mais linda do universo!

Nossa amizade começou de mansinho, e foi ficando cada vez mais forte. Hoje, preciso lhe dizer uma coisa: Chegou a hora de dar um tempo em nossa relação! (Risos.) Mas calma! É só para que as palavras deste livro se acomodem melhor em seu coração.

Não vou abandoná-la e espero que não faça o mesmo comigo. Se sentir saudade, é só mandar um e-mail (venturaeveline@ig.com.br), um scrap ou reler o que escrevi aqui. Mas já adianto: estou sofrendo com a distância. Foi maravilhoso conversar com você sobre coisas do coração! Mergulhei "de cabeça" nos temas tratados aqui. Chorei e sorri muitas vezes diante da tela do computador. Foi emocionante! Mas... Tenho que ir!

Antes, uma última dica: invista na relação com Deus, aquEle (lembra?) que deu a maior prova de amor de todos os tempos por você! Tenho certeza de que não vai se arrepender! Quero saber notícias dessa história de amor, hein?

Beijinhos apaixonados!

Eveline Ventura

Bibliografia

DANIELS, Robert. *Pureza Sexual — Como Vencer sua Guerra Interior.* Rio de Janeiro: CPAD, 2010.

DIVERSOS. *Histórias de Fé para Garotas.* Rio de Janeiro: CPAD, 2008.

DIVERSOS. *Verdade Desplugada — Histórias para Garotas sobre Fé, Amor e outras Coisas Importantes.* Rio de Janeiro: CPAD, 2009.

DOBSON, James. *Um Amor para toda a Vida.* Belo Horizonte: Editora Atos, 1993.

FERNANDES, Hermes C. *Amor Radical.* Rio de Janeiro: MK Editora, 2008.

Histórias de Amor da Bíblia. São Paulo: Sociedade Bíblica do Brasil: 2007.

HOOVER, Thomas Reginald. *Comentário Bíblico: 1 e 2 Coríntios.* Rio de Janeiro: CPAD, 1999.

KEMP, Jaime. *Antes de Dizer Sim — Um Guia para os Noivos e seus Conselheiros.* São Paulo: Mundo Cristão, 1999.

LUCADO, Max. *Ele Escolheu Você.* Rio de Janeiro: CPAD, 2003.

TERVEEN, John Luke. *Esperança para o Coração Ferido — A Voz Consoladora de Deus em meio à Dor e à Perda.* Rio de Janeiro: CPAD, 2007.

VENTURA, Eveline. *Só para Meninas.* Rio de Janeiro: CPAD, 2007.

WARREN, Neil Clark. *Encontrando o Amor de sua Vida — Dez Princípios para Escolher a Pessoa Certa para se Casar.* Rio de Janeiro: CPAD, 2007.

ZIBORDI, Ciro Sanches. *Adolescentes S/A.* Rio de Janeiro: CPAD, 2004.

Capítulo 3

Estudo realizado com 80 nova-iorquinos que utilizaram sites de relacionamentos como Match.com, Yahoo Personals, American Singles e Webdate. Reportagem publicada no site da BBC Brasil, em 18 de junho de 2007.